燃烧的雪花

赵伟 著

Burning Snow

作家出版社

| 测试赛志愿者合影

| 首钢滑雪大跳台

| 国家越野滑雪中心

国家速滑馆

国家体育馆

| 国家跳台滑雪中心

| 国家高山滑雪中心志愿者

| 首钢滑雪大跳台志愿者
| 北京冬奥会兴奋剂检测中心志愿者

| 北京制服和注册中心志原

| 雪车雪橇中心志愿者

| 国家游泳中心志愿者

| 住宿设施志愿者

| 闭幕式志愿者合影

这部书中提到的所有志愿者——

他们，都奋战在自己的工作岗位上，为北京冬奥会的顺利举办殚精竭虑、全力以赴；他们只是成千上万名涉奥工作者中的一员；他们是志愿者代表，是团队缩影。

他们，是这场冰雪燃烧之上的火焰。

他们，用自己的思想信仰、用自己的一言一行，向世界传递着中国年轻一代的心声：在青年服务国家的征程中，把小我融入大我，为民族复兴做出属于他们这一代人的贡献。

他们，是中国的青年方阵，是中国的未来。

他们，展示着中国人的人格品质和国家意志。

志愿者，不只是甘愿奉献，也不只是生活的方式，它体现了社会制度中人类结构的群体角色正在趋向高尚和无私。

目录

序　言

一个新词的命运

之一

2015年7月31日，马来西亚吉隆坡，夕阳把这个美丽的岛国点染得五彩缤纷。此时，所有人的目光都汇聚在一个地方：吉隆坡会展中心，有紧张，也有焦虑，当然，更多的还是喜悦。

全世界正在等待一个盛大的万众瞩目的事件的结果，

到底花落谁家？

会展中心富丽堂皇，宽阔的会议大厅里灯光璀璨。墙上的时钟嘀嗒嘀嗒地转动，原本细微清脆的针跳，却如敲在人们心上的黄钟大吕。

国际奥委会第128次全体会议正在紧张投票。

指针指向17：40，一个世人熟悉的身影走上前台——

巴赫！

会场上响起热烈的掌声，兼夹着众人的欢呼。

人们知道激动人心的时刻到了。

这位国际奥委会现任主席，满脸微笑，步履稳健，一步一步，走向麦克风。

当镜头推近，给巴赫面部特写时，坐在世界各地电视机前的观众，能看清他脸上的条条皱纹，以及那隐藏在皱纹之间如释重负的欣慰。

巴赫缓慢地从西装里掏出一张纸片，然后，仔细看着纸片，特意把嘴凑到麦克风前。他这一连串的动作，显然有点夸张，还有点春风得意。他压抑着激动的心情，让他的声音显得更加平静而坚定，通过麦克风向全世界传递出去："获得2022年第24届冬季奥林匹克运动会举办权的城市是，中国北京。"

巴赫话音刚落，现场掌声雷动。

世界欢呼。中国欢呼。

距吉隆坡4344公里之北的北京，全城狂欢。

"北京冬奥"，一个新词，就此诞生。

旋即，这个新词的使用频率和传播速度，堪比2008年北京夏季奥运会。

看看中国高层的批示，就能感知其价值和意义——

国家主席："确保把北京冬奥会办成一届精彩、非凡、卓越的奥运盛会。"

国务院总理："筹办好2022年北京冬奥会，对于促进奥林匹克事业发展，进一步提升中国的国际影响力，意义重大。"

第24届冬奥会，从此进入"中国时间"。

2015年12月15日，北京2022年冬奥会和冬残奥会组织委员会成立大会在人民大会堂举行。

2016年3月18日，国家主席在中南海主持召开会议，专题听取北京冬奥会、冬残奥会筹办工作情况。

2017年2月23日至24日，国家主席到北京市考察城市规划建设和北京冬奥会筹办工作。

2019年，北京冬奥会筹办工作全面展开，稳步推进，一切顺利。没有想到，"新冠肺炎"疫情突然席卷全球，将人类置于巨大的灾难之中。日本东京夏季奥运会因疫情蔓延推迟举办，大量东京市民抵制举办。

"北京冬奥"呢？这个新词的命运，何去何从？

之二

志愿者的故事既是个人的品质，也是志愿者团队的风采，更是中国年轻一代的精神风貌。

志愿者的故事体现的是东方文化的传承与发展。

疫情背景下，北京冬奥会的志愿精神凸现出现代文明的基本标志：团结协作、守望相助、命运与共。

志愿精神，不仅仅只是甘愿奉献，也不仅仅只是人们生活的一种方式，它体现了社会制度中人类结构的群体角色正在趋向高尚和无私。

群体角色的高尚和无私，正是人类社会倡导文明的根本意义。而这种群体意识一旦形成固定模式，便是一种文化，一种新的文化理念和国家管理理念。这一群体角色的高尚和无私，可能正是人类社会未来发展的缩影，或者方向。

这种高尚，必须是绝对无私的，一切利己主义者，都无法成为志愿精神的成员，即便是精致的利己主义者，也终将会露出马脚。

就在我开始思考如何落笔启动《燃烧的雪花》写作时，手机里关于新冠肺炎疫情的消息铺天盖地而来：

世界各地新冠肺炎疫情愈演愈烈，变异毒株的毒性及传染性越来越强。日本东京奥运会开幕后，从电视转播中能看到，所有的比赛场馆均看不见观众。

奥运会，本身就应该是人类一次盛大的狂欢聚会。

原本平静的中国大地上，再掀波澜，《中国新闻周刊》记者彭丹妮报道：

2021年7月20日上午，南京市江宁区疫情防控指挥部接禄口国际机场报告，在禄口国际机场工作人员定期核酸检测样品中，有检测结果呈阳性。最终发现了9名感染者，其中8位是机场保洁人员，1位是客舱保洁人员。从那时到7月27日，南京已经累计报告了106例确诊者、无症状感染者6例。与此同时，在过去的一周，南京疫情传播链已外溢至5省9个城市，分别是辽宁沈阳、安徽马鞍山、安徽芜湖、广东中山、广东珠海、四川绵阳、四川泸州、辽宁大连以及江苏宿迁。加上南京病例在内，此次南京机场疫情感染链已增至126例感染者。

7月28日深夜，各地朋友发来微信：从明日起，疫情防控实行24小时值班，所有人员取消休假。取消一切聚集活动。

可是，冬奥会志愿服务，恰恰又是一场大规模的志愿者集结。

志愿者在奥林匹克运动中的作用和价值，国际奥委会前主席罗格说："如果没有志愿者的参与和奉献，组织奥运会，甚至于组织其他任何层次的比赛都将无从谈起。无论是台前还是幕后，无论是个人的付出还是集体的行动，奥运志愿者们践行着'奉献、友爱、互助、进步'的志愿宗旨，传播着'相互了解、友谊团结和公平竞争'的奥林匹克精神。志愿者是奥运赛事的成就者，是奥林匹克的基石。"

志愿者从哪里来？怎么来？何时来？那些在全球各地从网上报名申请参加北京冬奥志愿服务的志愿者们，正在以相同的姿态，望向北京。

在新冠肺炎疫情肆虐全球的"寒冬"里，人类总需要希望，需要温暖，来激发我们勇敢前进的力量。北京冬奥会的志愿者和工作人员们，便承担了这一重任。他们用英勇无畏、团结友爱和积极热情，温暖着来自世界各地的人们，展示着中国年轻一代对"人类命运共同体"的理解与认知、责任与担当。

北京冬奥会志愿者，就像一簇燃烧在冰雪之上的火焰，照亮、温暖并激励着"疫情寒冬"里的人们。

是的，2008年之前，奥运赛事从未涉足中国，但一经中国操办，人类共同拥有的奥运盛会就变得无与伦比和美妙绝伦。

全世界的人们，都有理由尽情期待。因为，在中国人的眼里，北京冬奥，不只是一场体育赛事，她还是中国人对人类各色生命的欢迎与款待，对各种文化的包容与热爱，她体现着东方文化"守望相助、命运与共"的哲学智慧。

"北京冬奥"，这个新词，为人类共同缔造，也必将为人类共同传唱，并于公元2022年，作为人类在灾难面前团结协作、相亲相爱的文化标识，载入史册。

一

决策

中国高层的声音

2022年第24届冬季奥林匹克运动会被国际奥委会宣布确定在中国北京举办后，中国上至国家主席，下至黎民百姓，举国上下集体展示了中国"有朋自远方来，不亦乐乎"的热情好客文化。一方面，中国政府与国际奥委会签订了506页的《主办城市合同》，从"利益相关方服务""场馆与基础设施""赛会服务""管理""商业与参与""残疾人奥运会"等方面明确了双方的责任和义务。另一方面，中国人民也向世界展现出办好北京冬奥会的态度和决心。国家主席习近平就办好冬奥会和做好志愿者工作多次作出指示，表达了国家最高领导对这两项工作的关心和要求。

2015年7月31日，即国际奥委会主席巴赫在吉隆坡宣布由北京举办第24届冬奥会的当天，国家主席习近平就向申办冬奥会的中国代表团致电祝贺：

希望你们再接再厉、扎实工作，在全国各族人民大力支持下，把2022年冬奥会办成一届精彩、非凡、卓越的奥运盛会。

2015年11月24日，国家主席指示：

办好2022年北京冬奥会，是我们对国际奥林匹克大家庭的庄严承诺，也是实施京津冀协同发展战略的重要举措。

2016年3月18日，国家主席召开会议，专题听取北京冬奥会、冬残奥会筹办工作情况汇报，指示：

> 筹办北京冬奥会、冬残奥会，是一项系统工程，要加强组织领导和统筹协调，集各方之智，聚各界之力，形成做好筹办工作强大合力。

2017年2月23日—24日，国家主席到北京考察城市规划建设和北京冬奥会筹办工作，指示：

> 北京冬奥会是我国重要历史节点的重大标志性活动，是展现国家形象、促进国家发展、振奋民族精神的重要契机，对京津冀协同发展有着强有力的牵引作用，要全力做好每项筹办工作。

国家主席同时强调：

> 绿色、共享、开放、廉洁的办奥理念，是新发展理念在北京冬奥会筹办工作中的体现，

要贯穿筹办工作全过程。

2019年2月1日，国家主席到北京石景山区首都钢铁厂园区考察北京冬奥会、冬残奥会筹办工作，指示：

> 举办北京冬奥会、冬残奥会来之不易，意义重大，同实现"两个一百年"奋斗目标高度契合，给新时代北京发展注入了新的动力，北京将成为国际上唯一举办过夏季和冬季奥运会的"双奥城"。

关于志愿者工作，中国早在2008年夏季奥运会上就建立了一套完整的工作机制，因此，在中国志愿者工作历史上，2008年，被称为中国的"志愿者元年"。中国的志愿服务，遍及生活的各个方面，它已经成为中国大地上不可或缺的生活细节。

实际上，在中国的人文精神史上，五千年来，牺牲奉献的精神一直存在。神话传说中的大禹治水三过家门而不入、神农为民尝百草而身亡，这种奉献理念与现代的志愿奉献精神有什么区别？

这是个深刻而博大的人文话题，两者的本质区别在于，前者是个人修为，不能形成社会力量，因而没有约束力，是零散的个人行为；后者是社会组织行为，具有社会力量。正因其具有社会力量，因而具备社会约束力，也就是社会向心力，这种社会力量能让社会整体形成"我为人人，人人为我"的"命运与共"的崇高风尚。

关于现代志愿者精神，国家主席早就有过深刻的阐述。

2013年12月5日，国家主席给"本禹志愿服务队"回信说：

> 希望你们弘扬奉献、友爱、互助、进步的志愿精神，坚持与祖国同行、为人民奉献，以青春梦想、用实际行动为实现中国梦作出新的更大贡献。

2014年3月4日，国家主席给"郭明义爱心团队"回信：

希望你们努力践行社会主义核心价值观，积极向上向善，从"赠人玫瑰、手有余香"中感受善的力量，以实际行动书写新时代的雷锋精神，为实现中国梦有一分热发一分光。

2014年7月，国家主席给"南京青奥会志愿者"回信：

作为志愿者，无论是在台前还是幕后，无论是迎来送往还是默默值守，都可以在这场青春盛会中展现自己的风采。

2019年1月17日，国家主席在天津和平区新兴街道朝阳里社区考察调研时，说：

志愿服务是社会文明进步的重要标志，是广大志愿者奉献爱心的重要渠道。要为志愿者服务搭建更多平台，更好发挥志愿服务在社会治理中的积极作用。

2019年7月23日，国家主席致中国志愿服务联合会第二届会员代表大会的贺信：

希望广大志愿者、志愿服务组织、志愿服务工作者立足新时代、展现新作为，弘扬奉献、友爱、互助、进步的志愿精神，继续以实际行动书写新时代的雷锋精神。

2020年6月8日，国家主席到宁夏吴忠市利通区金花园社区考察时，说：

社会主义是干出来的，各族群众要一起努力，志愿者要充分发挥作用，谢谢你们的努力和贡献。

东方文化里，自古以来就有"言出必践"，就推崇"组织有序、上下齐心"，就有"民尚国风"，更何况，一国之领袖，如此重视北京冬奥会和志愿者工作，三番五次地予以关注并做出指示。

各行各业立即行动起来。

2015年12月15日15时，人民大会堂灯火辉煌，北京2022年冬奥会和冬残奥会组委会成立大会正在召开。

会议气氛庄严热烈。

与会者倾听着巴赫从千里之外发来的贺信：

我谨代表国际奥委会，非常荣幸和高兴地就北京2022年冬季奥林匹克运动会组委会的正式成立，向你们全体人员致以祝贺。北京如此迅速地采纳了我们奥林匹克运动的未来战略路线图，即《奥林匹克2020议程》，令人印象深刻。这当然意味着我们特别注重可持续性、遗产和可行性。我欣喜地看到北京2022团队已经在运用《奥林匹克2020议程》的建议所提供的灵活性，完善冬奥会方案、降低成本，或选择更加可持续、更为环保的对策。北京2022将重复使用许多2008年奥运会时的场馆，其中包括标志性的鸟巢体育场，以确保将遗产作为你们规划的核心内容。如果我们继续秉承《奥林匹克2020议程》精神共同开展工作，我们有信心确保2022年冬奥会的成功。我们未来的旅程任重而道远，最后我祝愿大家好运，以坚定的步伐踏上新的征程。

出席会议的有刘延东、郭金龙、王晨、张庆黎，第24届冬奥会工作领导小组成员，国家体育总局，中国残疾人联合会，北京市、河北省有关领导和相关单位负责同志，中央国家机关有关部门负责同志，北京冬奥组委有关领导参加会议。

党中央、国务院高度重视2022年冬奥会筹办工作……我们要切实把思想认识行动统一到党中央、国务院重要决策部署上来，扎扎实实做好筹办工作。要坚持规划先行，完善顶层设计，确定好路线图和时间表，使各项筹办任务目标明确、节点准确、责任清晰。要突出工作重点，统筹考虑赛事需求、赛后利用和环境保护，打造场馆建设精品工程。要精心做好赛事组织和服务准备工作，使广大运动员及观众、媒体等享受到优质的服务与体验。要加快冰雪运动发展和普及，带动广大群众关心、热爱、参与冰雪运动，提高冬季运动竞技水平，努力在北京冬奥会上取得优异成绩。要把绿色发展理念贯穿筹办工作全过程，加强联防联建，加快改善京张地区的生态环境。要深化国际交流合作，与国际奥委会等加强沟通联系，以全球视野推动冬奥会筹办工作。冬奥组委要加强内部建设，抓紧组建机构，强化人才支撑，健全规章制度，认真履职尽责，为冬奥会筹办工作提供强有力的组织保障。有关地方和部门要把筹办冬奥会作为一件大事来抓，积极调动社会力量参与，形成做好筹办工作的强大合力。要按照"三严三实"要求，力戒奢华浪费，做到节俭、廉洁、阳光，高质量高水平高效率做好筹办工作，把北京冬奥会办成一届精彩、非凡、卓越的奥运盛会，为实现"两个一百年"奋斗目标、实现中华民族伟大复兴的中国梦作出新的贡献。

如今，北京冬奥组委各职能机构都得到充分的完善，下设秘书行政部、总体策划部、对外联络部、体育部、新闻宣传部、规划建设和可持续发展部、市场开发部、人力资源部、监察审计部、财务部、技术部、法律事务部、运动会服务部、文化活动部、物流部、残奥会部、媒体运行部、场馆管理部、安保部、交通部、开闭幕式工作部、奥运村部、志愿者部、票务中心、注册中心、延庆运行中心、张家口运行中心……

从北京冬奥组委主席到执行主席、执行副主席、副主席、秘书长、副秘书长、各部（中心）部长、副部长、主任、副主任，甚至到各业务处室的处长、副处长，来自国家相关部委、北京和河北相关委办局。

一时间众将云集，各就其位，各司其职。

2017年12月15日20时22分，国家游泳中心，北京冬奥会会徽"冬梦"和冬残奥会会徽"飞跃"，正式发布亮相。

北京市委书记、北京冬奥会组委会主席蔡奇出席现场并致辞。他说：

> 北京2022年冬奥会会徽和冬残奥会会徽把中国文化底蕴、现代国际风格、冬奥运动特征融为一体，生动彰显了当代中国的时代风貌和文化魅力，形象展示了冰雪运动的激情、青春与活力，传递出运动员超越自我、奋力拼搏的精神，表达了13亿中国人民对北京冬奥会和冬残奥会的美好憧憬。

2018年1月20日，蔡奇同志主持召开北京冬奥组委执委会第一次会议时，说：

> 冬奥会筹办即将进入"北京周期"，要统筹谋划、系统推进，以更高标准做好北京冬奥会、冬残奥会各项筹办工作。一是突出重点，狠抓落实。要结合落实2018年里程碑任务，抓好专项计划阶段计划编制，严格按照时间节点推进

场馆和基础设施建设。提前谋划场馆运行工作，着力提升延庆、张家口赛区赛会服务保障水平。继续做好市场开发工作，努力实现经济效益与社会效益双丰收。二是加强统筹，凝聚合力。要深化国际交流合作，服务国家外交大局。加强与领导小组各成员单位和主办城市有关部门沟通对接，发挥冬奥组委统筹协调、督促落实作用，充分发挥集中力量办大事的体制优势，动员全社会各方面资源和力量，支持参与冬奥会筹办工作。三是瞄准赛时，作好准备。要落实科技冬奥行动计划，提高赛会运行保障和服务效率，体现智慧冬奥特色。瞄准赛时运行，充分运用科技冬奥成果，推动形成顺畅、高效的赛事运行管理方式和赛会服务保障机制。四是加强宣传，营造氛围。要深入落实北京冬奥会宣传推广工作规划，精心准备平昌闭幕式接旗仪式和文艺表演准备，抓住会徽宣传、特许商品营销、征集吉祥物等契机，持续提升北京冬奥会的社会关注度和影响力。深入实施"共享冬奥"行动计划，吸引更多的青少年、群众参与支持冬奥。同时，要着力加强执委会和组委会自身建设，要加强干部和人才队伍建设，着力改进工作作风，全面加强组委会党的建设，确保冬奥会筹办工作像冰雪一样纯洁干净。

2018年2月25日晚，第23届冬季奥林匹克运动会在韩国平昌奥林匹克体育场闭幕。北京市市长陈吉宁接过奥运会会旗，从此刻起，第24届冬奥会正式进入"北京周期"。

一个月后，3月23日，在北京市全面推进2022年冬奥会和冬残奥会筹办工作动员部署大会上，蔡奇同志对北京冬奥会进行了全面细致的安排和布置。

蔡奇同志说：

全国"两会"刚刚闭幕，市委市政府即召开北京市全面推进2022年冬奥会和冬残奥会筹办工作动员部署大会，是因为这是我们要全力办好的三件大事之一……今天，苟仲文、张海迪同志，以及中纪委、国家体育总局同志专程到会指导，这是对北京筹办工作的有力支持。河北省同时召开动员大会，表明我们齐心协力共同筹办好冬奥会的决心。北京冬奥组委在首钢老厂区里办公，会场选择在首钢礼堂，也是意在增强大家的冬奥意识和办奥自觉行动。会前大家观看了冬奥视频短片，会场摆设冬奥相关资料图板，同志们又佩戴冬奥会徽，都意味着"北京周期"氛围渐浓，筹办工作进入倒计时。

蔡奇同志强调了三点：

一、深入学习贯彻习近平总书记对冬奥筹办系列重要指示精神，进一步增强工作责任感和使命感。深刻认识筹办北京冬奥会是我国重要历史节点的重大标志性活动；深刻认识北京作为"双奥城市"的巨大荣耀和责任；深刻认识"四个办奥"理念是新发展理念在冬奥筹办中的具体体现；深刻认识冬奥筹办是落实首都城市战略定位、牵引京津冀协同发展的有力抓手；深刻认识冬奥会是满足群众美好生活需要的重要载体。

二、瞄准精彩、非凡、卓越的办赛目标，扎实推进各项筹办工作。加快推进场馆和基础设施建设：加快建设、确保标准、狠抓质量；统筹做好场馆运行保障：建设示范场馆、建立"双进入"机制、发挥业主单位作用；有序推进赛会住宿、餐饮、交通、安保、医疗服务工作；精心创作好开闭幕式：凝聚各方智慧，注重创新，精益求精；全面提升城乡环境面貌：打好污染防治攻坚战、加强城乡环境整治、抓好绿化美化；全面加强宣传推广：加强冬奥宣传推广、深入推进奥林匹克教育、加强精神文明建设、做好媒体服务；加强无障碍环境建设：做好场馆无障碍工作、做好服务无障碍工作、做好城市无障碍工作；努力打造科技冬奥：加强冬奥场馆建设的科技创新、加强冬奥信息技术领域的科技创新、加强冬奥科技成果的推广应用；加快冰雪运动普及发展：大力普及群众冰雪运动、加快提升冰雪运动竞技水平、发展壮大冰雪体育产业；深化对外交流合作：主动服务国家外交活动、深化北京对外开放、广泛吸引国内外游客来京观赛；做好冬奥可持续工作：全面兑现可持续承诺、加强冬奥会低碳管理、创造丰厚的冬奥遗产；加强人才培养：加强冬奥组委筹办队伍建设、加强志愿者队伍建设。

三、切实加强组织领导，形成筹办冬奥的强大合力……

2018年7月25日，国务院副总理韩正到北京冬奥组委调研。

副总理实地察看园区情况后，主持召开第24届冬奥会工作领导小组全体会议。会上，他说：

要深入学习贯彻习近平新时代中国特色社会主义思想和党的十九大精神，贯彻落实总书记对冬奥会筹办工作的重要指示精神，进一步明确目标要求，研究部署下一阶段筹办重点任务。北京冬奥会是我国重要历史节点的重大标志性活动，是展现国家形象、促进国家发展、振奋民族精神的重要契机，是助推对外开放、推动构建人类命运共同体的重要舞台，是向世界传播中华优秀文化、推动东西文明交融的重要载体，是推动京津冀协同发展的有力抓手。要紧紧围绕精彩、非凡、卓越的办赛目标，全面落实"绿色办奥、共享办奥、开放办奥、廉洁办奥"理念，高质量、高效率完成好各项筹办任务。要严格按照规划推进场馆和基础设施建设，加强施工安全监管，使工程质量经得起历史检验。要统筹做好示范场馆建设和测试赛准备工作，确保实现测试预期目标，要高水平推进赛会服务保障工作，打造智慧冬奥，提高赛事组织与赛会服务效率。要加强新闻宣传和文化推广，持续提升北京冬奥会影响力。要狠抓冬奥备战，着力提升竞技水平，围绕"带动3亿人参与冰雪运动"目标，加快推动群众性冰雪运动发展。要深化国际交流合作，广泛推进经济、文化人文等交流。有关地区和部门要进一步增强"四个意识"，坚定"四个自信"，加强组织领导，落实工作责任，确保按期完成各项筹办任务。要坚持节俭办赛，严格预算管理，严控办奥成本，加强监督执纪，做好廉洁办奥工作。

2018年8月8日，北京冬奥会吉祥物全球征集启动仪式在北京隆重举行。

北京冬奥会筹办工作，全面启动。

在2018年3月23日北京市全面推进2022年冬奥会和冬残奥会筹办工作动员部署大会上，蔡奇书记就志愿者工作专门用一段文字进行了布置：

志愿者是成功办奥的重要力量。冬奥组委、团市委要谋划好冬奥会志愿服务工作，抓紧制定志愿者工作总体计划、招募战略和具体方案，统筹好赛会志愿者、城市志愿者、社会志愿者的工作布局。今年，要启动前期志愿者招募和培训工作，培养一支骨干志愿者队伍，广泛开展志愿者宣传和培训活动，发挥相关高校、社会组织的人才智力优势和组织动员优势，形成志愿服务合力。

我的漫记，就从北京冬奥会最庞大的服务群体——志愿者说起。

2019年4月24日，北京冬奥组委开会通过，宣布成立志愿者部。

2019年4月26日，北京冬奥组委公布志愿者部人事任命：

志愿者部部长：滕盛萍。

副部长：张秀峰、张丽娜。

部长、副部长的任命，标志着北京冬奥组委志愿者部的工作正式启动运转。

对于这场举世瞩目的盛会以及服务于这场盛会的志愿者，各路媒体高度关注，纷纷前来采访滕盛萍部长。

北京冬奥组委新设志愿者部的初衷是什么？具体职能是什么？

2008 年北京夏奥会时，志愿者服务就成功打造了"鸟巢一代"，成为北京亮丽的名片，给国际友人留下了深刻的印象，这次新设志愿者部是传承还是创新？

相对夏奥会的熟知度，冬奥会有着特殊的属性，志愿者部都有哪些应对的策略和措施？

国际奥委会曾提出"北京冬奥会要给观众留下一次最佳的参赛和观赛体验"，从志愿者服务的角度来说，将会有哪些相应的服务来突出"最佳的体验"？

部长满面笑容，逐一回答：

志愿者是北京冬奥会和冬残奥会的重要保障力量。成立志愿者部，就是要组织和带领好这支力量。志愿者部的工作就是负责北京冬奥会志愿者工作总体规划、运行计划和相关政策的研究制定工作；负责北京冬奥会前期及赛时志愿者需求汇总、招募、培训、调配和运行工作；负责协调推动城市志愿者工作；负责志愿者主题活动及团队建设工作；负责赛事服务和观众体验业务领域相关工作；负责与国际奥委会、国际残奥委会志愿者负责部门的联络协调工作。

北京将是全世界首个"双奥之城"。2008年奥运会和残奥会举办期间，来自海内外的广大志愿者热情投入、倾情奉献，为举办一届无与伦比的奥运会作出了重要贡献，志愿者的微笑成了北京最好的名片。

相比于夏奥会，冬季运动有很多特殊性，这也对我们的志愿者工作提出了更高的要求。我们进行了深入的工作研究，将重点从两个方面做好工作：一是切实加强志愿者保障，立足冬季运动特点进行科学设计、提前谋划。目前我们已经出台了围绕志愿者服务过程的14项保障政策，下一步我们将会同相关部门认真落实好各项政策，做到能够让志愿者放心、安心、暖心。二是我们将加强专门的培训，比如我们给志愿者强化冰雪运动知识的普及，强化防冻伤、防摔伤、疫情防护等健康和自我保护知识的培训。

北京冬奥组委继续设立志愿者部，是在传承北京2008年奥运会的好经验和好做法的基础上，结合北京冬奥会的特点和新时代志愿服务发展的实际，对工作进行了进一步的创新和提升，志愿者部专门设立了志愿者激励处和观众体验处，就是为了切实做好志愿者的各项保障，激励志愿者更好地服务北京冬奥会，也努力让观众能拥有最佳的"奥运体验"。观众参与冬奥会将会有获取信息、交通、住宿、观赛、旅游等10个阶段37环节，超过200多项关键接触点。

盛萍部长的回答，既有宏观考量，又有具体操作；既是对北京冬奥会志愿者部工作性质的阐述，也是志愿者部筹备志愿者工作的思路和方向。

二

调人

"我"和"我们"的生命重启

2020年7月29日。

北京通州城市副中心市委大院4号楼207房间，我正在起草《首都地区2020年度未成年人思想道德建设创新案例征集活动的通知》。

2009年至今，12年来，我一直承办未成年人思想道德建设创新案例的评选工作和社区文明小使者道德实践活动的评选。这项工作曾被中央文明办向全国推广，因此领导要求更高，我们每年都要对活动的主题进行探索创新，使未成年人的社会道德实践更加丰富多彩。

教育的功利化，遭到越来越多远见之士的批评，中国年轻一代的家国情怀和崇高情操普遍受到质疑。我们开展这两项活动，目的就是向社会发出声音，不能只专注于追求个人利益或实现个人价值，要提高年轻一代的道德素质，培养孩子们团结协作、乐于奉献、爱国爱家的高尚情怀。

我正在琢磨标准要求时，电话响了，是分管我们的领导打来的，她在电话里说："你到我办公室来一趟。"

我来到领导办公室，站在她的对面，她示意我坐下。我就坐在她办公桌对面的椅子上，她的办公桌上摆着书和文件。她手里拿着笔，朝我点点头，问我："最近怎么样？"

我回答："挺好，现在正在起草创新案例的通知。"

她说："北京冬奥组委志愿者部需要人手帮助工作，你愿意不愿意去？"

我想都没想，立即回答："愿意。"

她说："那边的工作比较忙，你先别急着回我，回去想一想，也跟家里人通个气，商量商量，想好了，明天下午两点前告诉我。"

我说："好的，部长。"

退出领导办公室后，我的心情有点无法平静，我独自一人离开办公楼，来到大院里的步行道上，边走边进行认真思考。

对于我来说，这是一次重要的选择，也是一次生命的重新出发。

自2009年从部队转业到首都文明办未成年人思想道德建设工作处，至今已12年。办公地点从台基厂到奥运大厦，从奥运大厦到民生大厦，从民生大厦到通州城市副中心，一路走来，早已与单位产生了深厚的情感。后来机构调整，首都文明办成为市委宣传部内一分子，工作程序和节奏基本没有太大变化。我每天按部就班，上班工作，下班回家，一年四季，周而复始。工作不忙时，喜欢搞点文学创作，除此之外，所有的精力都放在未成年人思想道德建设工作上，总想在这项工作中做出一点成绩。

孩子们的团结协作精神、互帮互助精神、牺牲奉献精神一直是我和同事们关注的重点。

分管我们的领导是宣传部副部长，在工作中她是一丝不苟的领导，在生活中又是对我们关怀备至的大姐。我的工作方法简单，解决问题的能力不足，缺乏开拓创新意识。她一方面批评我，一方面又开导启发我。我也愿意把心里话说给她听。

我父母是深山里一字不识的农民，我能在北京安家立业，已经非常感谢组织；组织培养了我30年，忠诚团结、服从命令、集体荣誉至上的品质没有变，永远也不会变；我身边的同事都比我优秀，我要好好向他们学习，一心一意把本职工作做好。请部长放心。

决心表了，但终归年近五十，精力和体能明显不如从前。如果再去冬奥组委那种工作高频率运转的单位，我吃得消吗？能胜任吗？会不会耽误工作？

市委大院的步行道大约是3公里长，由颗粒塑胶铺成，走在上面悄无声息，正好可以让人静静地思索。我走完这3公里的塑胶道，重新回到办公室后，已经下定了决心：我去冬奥组委。

生命总是对新鲜的世界充满好奇，机关日复一日的生活节奏虽然平安稳妥，到底裹不住一颗向往远方的心灵。更何况，我的前半生，经历了九八抗洪、汶川抗震、武汉抗疫，经历了亲人的悲欢离合，还有什么让我不能放下或者不敢承担的呢？

我给领导发了一条短信："部长，我已决定，去冬奥。"

2020年7月30日上午，我刚走进办公室，我的处长来叫我："跟我去领导办公室。"

我跟处长到领导办公室，领导的话简明扼要："交接工作，到志愿者部志愿者保障激励处报到，帮助工作。那边全是年轻人，不仅有国家部委和各高校的人，有北京市各委办局的人，还有河北那边抽调来的同志。你是老同志，知道该怎么做。"

处长说："领导这么信任你，你过去可要好好干，说小了是体现你自己的能力水平，说大了你代表整个宣传部机关干部的素质。"

我用军人的标准方式回答："保证完成任务！"

交接完工作，第二天，8月1日，建军节，上午，我去首钢园区北京冬奥组委志愿者部报到。

一个在东六环，一个在西五环，两点直接距离近70公里。地铁六号线刚好从最东头的东夏园坐到最西头的金安桥，用时1小时50分。

北京冬奥组委办公区位于北京石景山区首都钢铁工业园区内。首钢厂因时代要求，于上个世纪末将生产线迁出北京，石景山区境内的老园区如今已改造成美丽的景区，供游人参观，再加上北京冬奥组委设在园内，每天游人不断。

进入冬奥园区西门，一眼就看见由东至西一溜排开的圆筒建筑，大小相同，高矮一致，别具一格。这种圆形楼的设计在别处还从未看到，因此第一眼看到这些如烟囱般的圆楼时，我十分纳闷，为何要建成这种模式？领我进楼的同事告诉我："这种圆楼墙厚30公分，墙上的圆孔就是透气的窗户，都是请优秀的工程师来特意设计做成的。"

志愿者部共6个处室，3个在2层，3个在6层，映入我眼帘的景象是，各处同事的工作都是共同的姿态——奔跑！

综合处负责收发文件的那个姑娘叫杨婷，2层上6

层，6层下2层，一天不知要上下多少遍，来去如风。她那咚咚咚的脚步声，代表着整个志愿者部的工作节奏。

作为这场赛事的参与者，我的脚步也随之加速。

一个执笔写字的人，突然参与到一场世界瞩目的超大型体育赛事的筹办中，迥然不同的气息和节奏，让我体会到迥然不同的生活。

志愿者部分配给我的任务是负责比赛期间志愿者的保障工作：志愿者使用空间、志愿者制服、志愿者交通、通用物资保障……

仅志愿者使用空间，我就要对功能面积和家具白电与20多个部门和30多个场馆进行一轮又一轮的沟通对接。AAM设计表，从OB4.0落图到OB5.0落图，到家具白电的配备，电脑、打印机、衣柜、椅子、对讲机、储物柜、通知板、文件架、文件夹，甚至包括插座、插线板……所需要核对的数据成千上万。

高强度运转，让我体内已经习惯有规律的生物钟，突然间不知所措。有一句俗语形容我的工作特别贴切："一天到晚忙得脚不沾地。"半个月下来，我从前的生活节奏被彻底打乱。

到冬奥组委后，我每天早上6点半起床，经常收到9点开会的通知，几乎是一边穿衣一边洗漱。很多时候，嘴角的牙膏沫还没擦干净，就已经开始穿鞋拿包，一手提鞋，一手推门。孩子跟我说"再见"的话还没出口，我已经离门而去，一路狂奔冲向地铁。

在志愿者使用空间完成落图的时限内，9点开会的频率一周至少有3次，这期间，我最多一天开4个会，平均每天2.5次与业务部门和场馆对接。

因为上班要转3次地铁，十分不便，我花6500元钱，特意买了一辆电动自行车，每天上班下班，在马路上风驰电掣。时间长了，这一路上的柠檬黄志愿者和交警都跟我成了面熟。

爱人惊诧万分："这是以前的你吗？"

我坚定地回答："是！"

爱人开玩笑说："这个家不需要你那么拼。"

我也开玩笑："愿为国家而生死！"

这一半是玩笑，一半是真心。冬奥会，尤其是新冠肺炎疫情还没有从人间彻底消失的北京冬奥会，能否办好，能否成功，说大了，体现的是国家的形象、民族的生机与活力，说小了，体现的是北京这座城市的综合实力，是我们冬奥组委每个部门、每个工作者的能力和素质。一台机器能否顺利运转，取决于机器身上的每一颗螺丝钉。

对于这样一场盛事，企图用文字把她全面而深刻地展示出来，那是痴心妄想。更何况，在人类面对新冠病毒的严重威胁下，北京、延庆、张家口三个赛区那份在执着与坚韧中所体现的人性和情怀，任何语言文字都无法精准彻底地描述。

赛事未启，京张大地抖落疫情的沉寂，行动起来。北京冬奥组委各个业务部门、所有的竞赛场馆和非竞赛场馆，按照各自制订的"里程碑"任务，全力以赴，高速运转。

按照冬奥组委确定的"里程碑"任务，2020年8、9、10三个月，各业务领域的使用空间必须完成落图。按照不断更新的人员计划，数万名志愿者，分布在30多个场馆，每个场馆的交通、餐饮、住宿、补充物资保障……必须按时完成。

忙忙碌碌中，虽然很辛苦，但也有无限快乐。

转眼已过一年，经过365天的朝夕相处，志愿者部六个业务处室的弟弟妹妹已如我的亲人，他们的名字稔熟于心：祖英、淑娅、逸飞、东琴、金鑫、慕洁、艾西娅、宪青、志清、金芝、张鑫、翰林、雪滨、宗耀、东博、润格、郝刚、亚楠、修力、韩墨、艺臻、红涛、时兴、姚倪妮……他们都很年轻，大多在30岁左右，跟我是不同年代的人，我跟他们一起在志愿者部这架"战车"上，团结协作，共同拼搏，早已忘了自己的年龄，忘了自己满头白发，变得跟他们一样年轻，一样奔跑起来脚底生风。

最灿烂的志愿者笑脸

赵丹，北京2022年冬奥会、冬残奥会奥林匹克公园志愿者经理，北京邮电大学学生工作部副部长。

赵丹曾是北京2008年奥运会、残奥会国家会议中心击剑馆为观众服务的志愿者核心主管，完整参与了"好运北京"两次测试赛、奥运会和残奥会，被北京市委、北京市人民政府、北京奥组委评为"北京奥运会残奥会优秀志愿者"。出于对学生工作的热爱，赵丹毕业留校工作，先后任辅导员、学院团委书记、学工部思想教育科科长、副部长，鼓励指导学生积极参加各类志愿服务活动，并参与负责了国庆60周年安保志愿服务、国庆70周年群众游行、"国家勋章和国家荣誉称号"颁授仪式、抗击新冠肺炎疫情表彰大会等相关工作。赵丹志愿服务经验丰富，参与并见证了北京志愿服务体系的不断完善，此次她将作为奥林匹克公园公共区志愿者经理带领近千名志愿者服务冬奥，她说：作为"双奥"人员，这不仅仅是一份工作，更饱含了深深的奥运情怀。

2007年8月—2008年9月，赵丹作为国家会议中心击剑馆为观众服务的志愿者核心主管，全程参与了两次"好运北京"测试赛、奥运会和残奥会。她说这是一生中最难忘的记忆，从前院观众检票引导到后院通行验证，从志愿者之家的运行支持到竞赛场馆、观众座席的服务，她都参与其中。她说："在国旗升起的那一刻，我们坚守岗位，不论是否能看到国旗，每位志愿者都呐喊着唱出国歌，激动得泪流满面，这是不论过去多久都无法忘怀的场景，在这场生动的爱国主义教育大课堂中，我们每个人都是中国人，每个人都为祖国的强大而自豪，为服务国家赛事而光荣。"残奥会的最后一天，她和伙伴们久久不舍离去，在鸟巢前留下了最青春的志愿身影，最灿烂的笑容。

2009年，赵丹作为安保志愿服务组长参与了国庆60周年庆祝活动，在天安门广场值守了一天一夜，远远看着游行队伍激动不已，心想着如果有一天能参与其中就好了。终于在2019年，她作为"国家勋章和国家荣誉称号"颁授仪式迎宾队伍学校负责人、群众游行"一国两制"13方阵临时团委书记、艺术指导教练、综合协调组组员、游行成员五种不同角色参与了国庆70周年两场重大活动，为庆祝共和国华诞作出了自己应有的贡献。164天筹备，29天集中训练，11次外出合练，5个多月的时间里，她磨炼了意志，收获了成长，她说："难忘我们反复研究在舒缓的音乐中走出每分钟116的步速，难忘我们冒着风雨在良乡机场完成合练，难忘临时通知却仅在一天内五湖四海的学生赶赴集结的迎宾队伍，难忘两场重大活动合练交融连续41个小时没有休息，难忘发着高烧依旧通宵赶稿，难忘正式游行前夜在长安街上的激动难眠……当我们昂首阔步走在长安街上，当我们看到先进威武的武器装备、呼啸而过的战斗机群，当我们看到观众们自发集体起立高喊'中国加油！香港加油！'，当我们听到《我属于中国》这首歌响起时，内心的激动再也无法抑制，所有的心潮澎湃都化作热泪尽情流淌，所有的骄傲自豪都化作口号响彻云霄：'祖国，我爱你！祖国，我爱你！祖国，我爱你！'"

赵丹回想到，接到"国家勋章和国家荣誉称号"颁授仪式迎宾任务通知时，正值暑假，她也在群众游行方阵里承担工作任务并参加游行训练，但是"祖国的荣誉高于一切"的信念鼓舞着她毅然接受组织的任命安排，并对学校的信任、国家给予的机会无比感激！在暑假期间，她仅用了半天时间紧急招募选拔了百余名学生；在游行训练的休息时间，她组织迎宾专项队伍训练；在游行合练结束的第一时间，赶赴迎宾专项合练……所有的付出和努力都是值得的！她说："当我们看到一位位国家功臣步履蹒跚地走进人民大会堂，我们仿佛看到了他们风雨兼程几十年为民族独立和国家富强所做的不懈努力，敬佩之心、感动之情，此时此刻都化作了夺眶而出的热泪、化作了我们持续半个多小时嘹亮的口号：'欢迎欢迎，国家功臣，向您致敬。'"

庆幸生逢新时代，庆幸奉献新时代。

在几个月的筹备和训练里，赵丹把5岁的儿子放在了老家，全身心投入到群众游行工作之中，与2000余名北京邮电大学师生和港澳台同胞代表一起，经历了数不清的会议，撰写了数不清的文案，开展了数不清的活动。他们不畏酷暑、不惧风雨、不怕辛劳，日以复日、夜以继夜地训练、集结、合练、演练……用他们所有的努力付出展示了"两岸三地"中华儿女拥护"一国两制"的决心，表达了他们对祖国母亲最深情的热爱。

国庆庆祝活动结束后，赵丹代表学校赴山东开展国庆宣讲，用自己的行动带动影响更多的大学生"将小我融入大我，将青春献给祖国！"她的演讲稿《两场重大活动，饰好五种角色》被收录在教育部《青春告白祖国》一书中。继"国家勋章和国家荣誉称号"颁授仪式之后，她又有幸参与到抗击新冠肺炎疫情表彰大会迎宾队伍中，作为高校唯一负责人组织百余名学生出色完成任务。作为高校带队教师和同学们一起挥舞鲜花高喊口号，当看到国家功臣的那一刻，眼泪止不住地流下来，这是骄傲自豪的泪水，为是中华儿女的一员骄傲，为学生们不辞辛苦、努力排练的精神自豪。

奥运情缘再续。在"相约北京"冬季系列体育赛事冰上项目测试活动中，赵丹带领北京邮电大学20名志愿者参与其中，为场馆运行提供了支持保障。在志愿者到场馆的第一天，她带领大家来到鸟巢前拍下与2008年同样的照片，她说这意味着传承，奥运精神和志愿精神的传承，用同样的付出、奉献书写着不一样的故事，却同样的精彩。在不到200天的日子里，赵丹将用心用情当好耕耘者，用爱用行种好责任田，以"时不我待、只争朝夕"的精神，全力以赴，不辱使命！

在志愿服务中快速成长

宣传培训处的张鑫，给人第一印象就是一个大学二年级的学生，外表文静，举止优雅。谁也想不到，这位看上去娇小的"女生"，已经是工作了好几年的北京语言大学学生工作部的干部。

2021年6月16日上午，部领导带着志愿者部各处处长走进北京语言大学，此行的目的，是与学校领导对接志愿者住宿高校的相关问题。张鑫的双重身份让与会人员对她的发言抱以格外关注。

张鑫说："我自2020年8月受学校委派，到北京冬奥组委志愿者部工作。感谢北语和志愿者部的领导的充分信任及大力支持，能够为北京2022年冬奥会和冬残奥会贡献北语人的一份力量，我非常荣幸，也倍感珍惜。"

2018年7月，张鑫入职北京语言大学，学校给予她诸多学习和成长的机会，按她自己的话说，锻炼了她的综合素质，提升了各项能力。她在学生工作部先后负责中国本科生学生资助、出国交换工作，还参与意识形态专项工作、招生宣传录取等工作。2019年，张鑫担任北京语言大学"1+3"志愿服务保障团队领队教师，组织学生志愿者选拔工作，并带队参与了第二届"一带一路"国际合作高峰论坛、亚洲文明对话大会、世园会志愿服务工作；后受学校委派，借调海淀区委区政府，参与国庆70周年庆祝大会服务保障和群众游行指挥部相关工作。正是学校长期的培养和在学生工作部全方位的锻炼，令张鑫获得多次参与大型赛会的经历和志愿者管理相关工作经验，这使她能够更快地融入新的团队，适应在冬奥组委志愿者部的工作。

冬奥组委志愿者部同样也给了张鑫充分的信任，敢压担子，大胆使用。业务工作方面，让张鑫参与顶层设计，起草了《北京2022年冬奥会和冬残奥会志愿服务宣传工作实施意见》《场馆团队志愿服务宣传工作指导方案》《志愿者工作不良信息和舆情应对处置工作方案》3份志愿者宣传工作指导性文件；编写《"相约北京"测试活动宣传工作材料汇编》《志愿者宣传工作手册》2本材料；建立统筹协调、信息报送、舆情处置3项宣传工作机制；参与志愿服务可持续发展论坛、《广泛开展迎冬奥志愿服务活动倡议书》发布、赛会志愿者储备力量综合素养提升活动、冬奥宣讲团走进百所高校、志愿者口号研讨会5项活动；筹建冬奥组委官网志愿者频道、主流媒体平台设立专栏，打造多个宣传平台；与中央电视台、北京广播电视台等媒体策划《助力冬奥志愿有我》《从北京到北京》等多个冬奥志愿者专题报道。同时，积极与学校联动，发挥桥梁纽带作用。充分展示、发扬她在学校的学科优势与特长，邀请学校师生作为主讲人和嘉宾参与《跨文化交流》《常见中文知识》《优秀志愿者宣讲》3门志愿者通用培训课程录制。目前，课程已陆续上传至冬奥组委官方学习平台，数万名志愿者通过培训课程学习，了解北语办学特色，一睹北语师生风采。

党团工作方面。张鑫作为志愿者部团支部书记，努力增强党对青年的凝聚力和青年对党的向心力，组织部内青年通过共青团中央"青年大学习"平台进行学习，推动党的创新理论深入人心；立足部门工作实际，带领部门青年积极开展"知党恩 感党恩 听党话 跟党走"系列团日活动；组织部内青年党团员深入场馆工作一线，组建临时团支部，团结凝聚广大青年志愿者，为北京冬奥会的筹办贡献力量。

赛时场馆工作方面。按照工作安排，赛时张鑫将以志愿者业务领域副经理的身份统筹协调奥林匹克大家庭志愿者工作，负责接待国际奥委会、国际残奥委会、国际冬季体育联合会、各国家（地区）奥委会主要官员等国际贵宾相关工作，这将是集中体现赛会服务水平的重要平台，也是展示主办城市风采的重要窗口。

张鑫说："在冬奥组委志愿者部工作 10 个月的时间，在学校的大力支持和冬奥组委志愿者部的悉心培养下，我的多任务统筹协调能力、新领域学习运用能力、新闻点采集研判能力和规范化公文处理能力有了进一步的提升。目前，距离北京 2022 年冬奥会开幕还有 233 天，我将不忘初心、牢记使命，继续以饱满的热情、勤恳的工作态度、扎实的工作作风，不辜负学校与志愿者部的信任，努力推进冬奥会志愿者相关工作，为举办一届精彩、非凡、卓越的冬奥盛会作出贡献。"

张鑫的发言，让人明白，在中国，高校师生作为志愿者参与国家大事并在其中快速成长的紧密关联。

校领导听完张鑫的发言，听完志愿者部各处长对张鑫的评价，语重心长地说："张鑫是我们北语教师队伍的优秀干部，冬奥组委志愿者部把她培养得更加优秀了，优秀的人才，我们就要优先使用……"

校领导的话，引起阵阵掌声。这掌声，体现了人们对人才的尊重，对人才的热爱，对人才的仰望。

让志愿服务成为习惯

产佳，燕山大学教师，2008年北京奥运会时负责燕山大学志愿者推荐、选拔、政审工作，北京2022年冬奥会拟任国家冬季两项中心志愿者经理。

2008年北京奥运会，秦皇岛作为协办城市承担了部分足球预选赛任务。燕山大学教师产佳，上大学期间就开始接触志愿服务，直到在燕山大学工作6年后，遇上北京奥运会，是他第一次接触世界赛事的志愿服务。回顾北京2008年奥运会，产佳说他的工作比较简单，仅仅是志愿者推荐报名、政审等幕后工作，也没有进到比赛场馆。这次参与北京2022年冬奥会，直接进出场馆参与冬奥筹办工作的全过程，不仅仅是志愿者招募、培训、激励保障工作，还涉及志愿者业务领域的设施建设、残奥转换等工作，很多内容都是第一次接触，没有任何经验可言。

产佳所在的国家冬季两项中心竞赛场馆还将承接冬残奥会的比赛项目，这也是他在北京2008年奥运会没有接触的。面对这些困难，产佳表示：一是加强自身学习，熟悉冬奥会和冬残奥会的有关知识，掌握所在竞赛场馆架构、运行等基本情况，熟知比赛项目情况；二是积极向北京 2022 年冬奥会和冬残奥会志愿者部及相关业务领域的专家、前辈求教和学习。

2021 年 1 月 14 日，产佳来到位于张家口崇礼的国家冬季两项中心场馆办公，那天的室外温度在 -20℃，加上海拔高，让他有些不适应。但产佳很快调整好状态，加强锻炼身体，增强身体素质，以便更好地开展志愿服务工作。

产佳全身心投入到冬奥志愿服务工作，离不开家人的支持。在张家口赛区国家冬季两项中心场馆工作期间，他曾连续 45 天没有回家，2021 年的春节也是在场馆度过的。产佳的爱人独自带着 5 岁的孩子，从来不向他抱怨，还一直鼓励他说：家里的事不用操心，安心工作。

产佳的父亲 70 多岁了，是个老党员，曾在海军北海舰队服役，7 月份因伤住院做了手术，家人怕产佳担心，没有第一时间告诉他。直到产佳回秦皇岛招募志愿者时才知道，父亲躺在病床上对他说："不告诉你是怕影响你工作，冬奥会是国家大事，你能参与是荣幸，也是荣耀，要好好工作，完成任务。"

能服务于奥运会，离不开产佳从小的奥运情结。1988年汉城奥运会举办时，产佳8岁，小小年纪被高敏为国家赢得跳水金牌深深感动。此后每每举办奥运会，他都会守在电视机前，特别是当我国运动员登上领奖台，国旗升起，国歌响起的时候，都让他激动不已。

2001年7月13日，中国人迎来了北京成功申办2008年奥运会的喜讯，还在读大学的产佳就在心中期盼，希望有机会参与这次盛会。2015年7月31日，中国赢得2022年冬奥会举办权，北京携手张家口举办冬奥会，让产佳激动万分。他觉得，作为河北人，在家门口的比赛，他一定要争取为北京冬奥会做点什么。

2020年11月，经过个人申请、组织推荐和面试，产佳成为国家冬季两项中心志愿者经理候选人。在知道结果后，他为能再次参与奥运，能志愿服务北京冬奥会，实现梦想，感到自豪和骄傲。产佳说，如果有机会，他想在余下的人生里能服务中国举办的所有奥运会。

"参与北京2008年奥运会志愿者工作丰富了我的人

生，特别是让我更加深刻地知道了志愿服务的价值，对志愿服务精神'奉献、友爱、互助、进步'有了深层次的理解，并且志愿服务精神也深深地影响了我日后的工作、学习。"此时正在崇礼为志愿者选拔培训工作忙碌的产佳，介绍了从事志愿服务的经历和感受。

产佳说："距离2008年北京奥运会已过去13年，但有两个场景让我永远难忘，一是北京奥运会开幕式盛况，没有哪届奥运会的开幕式这么令人震撼，让我们深切感受到祖国的强大！第二个场景就是青年志愿者们在志愿服务结束后晒黑的脸上所洋溢的自豪和骄傲，深深地刻印在我的脑海中。"

这发自内心的自豪与骄傲，通过志愿者们的微笑传递给了全世界。

服务北京2022年冬奥会，产佳有充分的心理和思想准备。他说："晒黑依然避免不了，还要面对冬季寒冷天气的考验。"虽然志愿者们有了一定奥运志愿服务的经验，但是我国第一次举办冬季奥运会，特别是张家口赛区场馆位于崇礼，属于坝上地区，冬季气温较低，海拔在1600米以上，1月份日平均气温在-21℃至-6℃，

2月份日平均气温在-17℃至-3℃，最低气温可达-30℃。所以相较于北京2008年奥运会，在志愿者选拔方面除了要求政治素质高、学习能力强、具有团队合作精神、沟通能力强、具备一定英语听说能力之外，更注重志愿者身体素质，要具备抗寒能力，能在高海拔低气温和室外环境下完成志愿服务工作。"所以我们对所有志愿者候选人进行严格的体能测试，测试标准高于大学生通用体质测试，未能达标的志愿者候选人将直接淘汰，以保证赛时志愿服务顺利进行。因为出现新冠肺炎疫情新情况，对志愿者'敢于上岗，勇于奉献，冲锋在前'提出了更高的要求。"

在产佳看来，志愿服务不分大小。"从抗击非典到汶川抗震救灾，从北京2008年奥运会到新冠肺炎疫情防控……无数重大事件与活动中都能看到志愿者的身影，但志愿服务更常见于我们的日常生活，应该从我做起，让身边每个人都感受到志愿服务的温暖，让志愿服务成为我们的习惯。"

为国旗添彩

首都师范大学外国语学院王亚楠，赛事服务处主管、五棵松体育中心赛事服务经理，2020年7月到岗。从首都师范大学外国语学院到赛事服务处，再从赛事服务处到五棵松体育中心，她正式成为场馆运行团队中的一名工作人员，每当站在场馆的竞赛场中间，抬头看到那面鲜艳的五星红旗，心中的自豪感和使命感油然而生。她对自己管理的赛事服务志愿者说："赛事服务工作由于辐射范围广又被国际奥委会称为'赛事的门面'，作为'门面'，我们要以更加严格、更为细致、更加规范的行为标准要求自己，因为我们的一举一动代表的是场馆的形象，是中国年轻人的形象，要为头顶那面鲜艳的国旗增光添彩！"

亚楠离开5筒6层去场馆那天，临走前，她给每个人送了一份礼物，男士是一块巧克力，女士则是她亲手做的树叶卡片，卡片上写有她对姐妹们的思念和祝福……

等亚楠再回来开会时，大家见面的那股亲热劲儿，就像是迎接远航归来的姐妹……友情已悄然转化成亲情。

除了赵丹、张鑫、产佳、王亚楠，还有许多跟他们一样的年轻人，离开原单位，走上北京冬奥筹办工作最前线，让自己生命从这里重新出发。

一年里，我对志愿者工作从一无所知，到渐渐深入其中，既有日复一日的艰辛，也有无限的快乐。我与志愿者部6个处室的弟弟妹妹融为一体，成为了"我们"，成为了命运与共的共同体，这个共同体叫"志愿者部"。

我切切实实地感觉到：我的生命、我们的生命，从各个方向来到志愿者部，汇聚于此，为了相同目标和共同使命，重新出发。

"北京冬奥"和"国家荣誉"，让我们的生命，焕发出全新的色彩。

三

组队

精英重组下的“话语创新”

我到志愿者部报到，第一天的情形让人终生难忘。

2019年8月1日9点，我走进5筒2层志愿者部办公楼，迎面竖着一块硕大的电子计时牌：北京2022年冬奥会开幕倒计时547天，倒计时牌上的秒数不停地减少：9、8、7、6……倒计时牌的背面，另一部电梯出口处，前台服务的背景板上，张贴着一幅巨大的红色剪纸：志愿者之家。

在2层的会议室里，我认识了从共青团北京市委来的张秀峰副部长、从河北省精神文明建设委员会办公室来的张丽娜副部长，以及胡凯、任炜、陈永伟、闫奎铭、郑维、何滨……

按业务处室划分，秀峰副部长分管综合处、招募管理处、志愿者激励处、赛事服务处。其实早在东单民生大厦办公时我就见过秀峰部长。首都文明办与北京团市委同在一幢楼办公，且共用6部电梯，时不时就在电梯里遇见，我那时候跟团市委的中少部经常有业务对接，知道秀峰部长是大学生部的部长，英俊帅气，浓黑短眉，总是给人干练睿智、热情沉稳的感觉，令人印象深刻。只是我认识他，他不认识我。

人若有缘，转山转水都会转到一起。

丽娜副部长是志愿者部的党支部书记，分管宣传培训处、观众体验处和志愿者部的党务工作。大家在微信群里都叫她娜姐，又叫她美女部长，如果用文学语言来描述丽娜副部长，她是那种爱心满满的女人，工作能力强，脾气又好，对谁都和蔼可亲，笑容相待。这是一位为北京冬奥会做出了巨大牺牲的领导，她家在石家庄，一旦疫情紧张，北京冬奥组委就会规定非必要不得出京，因此，丽娜副部长经常好长时间都回不了家，好在她儿子已经长大，她爱人和儿子都特别理解和支持她的工作。

奥组委5筒1层，是北京冬奥会赞助商安踏的专卖店，只要安踏有新款进店，丽娜副部长都会买两件，一件给爱人，一件给儿子。夫妻无言，母子同心，那份爱，尽在默默的相守相望中。

第一眼看到胡凯时，我总觉得这个人十分面熟，瘦削而英俊的脸，眼睛里光芒四射，脸上总是充满活力。我似乎在哪里见过，苦思冥想，豁然一惊，这不是2008年北京夏季奥运会上，在鸟巢田径赛场上的百米飞人胡凯吗？私下一问，果然是他！胡凯来冬奥会之前，是清华大学体育处的一名干部。

"无体育，不清华"是清华大学的独特校园文化。胡凯进入清华大学后，接受专业训练并迅速成长。在伊兹密尔世界大学生运动会上，他以10秒30的成绩获得男子百米冠军，这是中国运动员第一次在世界大型运动会上，获得男子百米金牌，"眼镜飞人"一战成名，享誉田坛。2008年北京奥运会上，胡凯在男子100米比赛中首次晋级第二轮，并作为4×100米接力的最后一棒，带领中国男子田径队首次闯入奥运会决赛，再创历史。

胡凯说："我就是从当运动员开始，了解到奥运会志愿者有多么了不起。作为参赛选手，我更真切感受到中国举办奥运会的震撼，感受到观众的热情。在闭幕式上有一个环节，国际奥委会新当选委员给我们的志愿者献花，现在这已经成为奥运会保留节目。我当时就在场，感受到奥林匹克运动对志愿者的尊重，我也是从那一刻开始了解志愿者和志愿者文化。来到北京冬奥组委工作，很多时候，与其说是自己的选择，不如说是顺其自然。我的人生目标就是继承和传递体育精神。"

胡凯算得上是志愿者部的元老。志愿者部成立之前，志愿者工作由设在冬奥组委人力资源部志愿者工作处组织进行。那时候，胡凯就担任志愿者工作处处长。

由于工作量太大，北京冬奥组委决定成立志愿者部，胡凯所带领的志愿者工作处，自然就成为志愿者部成立的基石。他带领的综合处，就相当于志愿者部的办公室。因此，他也被同事们戏称为"办公室主任"。

招募管理处负责志愿者的前期招募和到岗后的分配、

管理、使用，其责任之大不言而喻。处长任炜既是行政处长，又是冬奥组委的专家组成员，白皙皮肤让他看上去总是那么干净帅气，一张典型的国字脸具备了中国男人所有的气质。不论在什么场合，只要谈起志愿者，他总是口若悬河，滔滔不绝，从全世界的志愿者发展史，到中国的志愿者发展史，他娓娓道来，一清二楚。

这与任炜的经历有关，正所谓见多识广。近二十年内所有国际国内大型赛事，他都参与了志愿者工作。

全球志愿者的报名人数是一个庞大的数字，这么庞大的数据要经过各种各样的分析对比和筛选，任炜的眼睛出现了严重的问题，医生说，得马上手术，不然会导致视力激剧下降。

任炜去做手术了。

志愿者使用空间的面积大小，是根据各场馆使用志愿者的人员数量来核算。我想，我的对接工作起码得拖延一周，因为各场馆的志愿者计划人数都得任炜那边审核后提供给我。我拿着这些数据与各场馆和业务领域对接，提出志愿者使用空间的面积需求。

没想到，第二天，在办公楼电梯口，我赫然碰见任炜。他做完手术的那只眼睛蒙着厚厚的纱布，纱布上浸透出来的药水新鲜可见。他居然来上班了！

我问他："你都不休息两天？"

他露出外面的那只眼睛眨了眨，跟没事人似的，淡定地说："活儿没干完。"说完上电梯去了。

我看着任炜离去的背影，想起武汉疫情期间，媒体在武汉病区采访一位医生，这位医生拒绝了采访，她说："先把我的病人救活再说。"武汉离我太远，而任炜，就在我身边。

英雄从来非天降，来自苍生需要时。

这是我来志愿者部第一个月发生的事，时间不长，对任炜还不熟悉，我在琢磨他那平静的表情和淡定的声音时，心里总是升起一股莫名其妙的感动，一群人里有这样一个人，他就是一面旗帜，一种力量。

陈永伟，西北人，他的质朴憨厚和不善言辞，让人一眼就能看出他是西北汉子的性格。我在西北从军数年，对西北人的纯朴品质有天生的好感，因此我有意无意地跟陈永伟套近乎。时间久了，我就发现，他虽不善言辞，但内心十分火热，而且思路极其清晰，逻辑严密，层次分明。做人做事踏实本分，是个"肚子里有货"的人。

志愿者部的处长、副处长以及各处的业务骨干，大部分来自共青团和高校的团委干部，个个意气风发、踌躇满志，浑身上下肌肉凸现，朝气蓬勃。他们思维敏捷，做事果断，敢说敢为。置身在他们中间，让我深切地感知到中国年轻一代对事业和人生的崇高追求，以及他们内心那份无限的自信和来自灵魂深处的无限力量。

2019年5月，各处室人员尚在调配调动中，先期到位还在人力资源部编制下负责志愿者工作的同志们就开始了马不停蹄的工作。

纲举目张，没有纲，工作就没有头绪，就没有章法。

这群年轻人，挑灯夜战，加班加点，迅速起草《北京2022年冬奥会和冬残奥会志愿服务行动计划》，并反复与中央文明办、教育部、共青团中央、中国残联、北京市政府、河北省政府磋商研究，征求各方意见，最终形成定稿，联合印发，从顶层设计上为冬奥会志愿者工作立下规矩，指明方向，厘清思路。

《行动计划》规定了"三个确定"：

确定——

　　由志愿者部负总责，成立北京冬奥会志愿者工作协调小组，协调推进赛会志愿者、城市志愿者工作。统筹实施5个志愿服务项目。志愿者激励处负责驻会志愿者项目，重点面向高校招募和培养志愿者，在冬奥组委参与前期筹办工作。招募管理处负责测试赛志愿者项目，根据"相约北京"系列测试赛需要，分批次招募志愿者参与服务。同时，招募管理处还负责赛会志愿者项目，定于2019年12月5日开始启动招募仪式，面向全球招募赛会志愿者。综合处负责城市志愿者项目，在测试赛和冬奥会、冬残奥会赛时，招募志愿者参与城市运行保障。宣传培训处负责志愿服务遗产转化项目，践行《奥林匹克2020议程》和《新规范》，积累、转化志愿服务遗产，促进可持续发展。

确定——

赛事服务业务领域的工作思路。赛事服务负责所有竞赛场馆和国家体育场（鸟巢）、奥运村等重要非竞赛场馆的赛事服务工作总体设计、工作团队组建和具体实施。工作重点是场馆内前院的观众服务和后院的通行控制，分8个版块，分别是：观众客流管理、检票验票、前院引导、移动服务、通行控制、信息和失物招领、观赛服务保障和运行支持。这些工作与安保、交通、票务等有大量的交叉协同工作。这个业务领域在赛时将安排14名正式工作人员，41名短期帮助人员，带领5500名志愿者，为约300万名观众及其他利益相关方提供服务。

确定——

观众体验业务领域的主要任务。负责协调组委会内部与观众相关的28个业务领域及主办城市政府的多个部门，以观众需求为导向进行制度设计和工作安排，并督促各部门有效实施，确保观众获得美好的冬奥之旅，同时吸引更多的潜在观众成为冬奥会的持票观众。主要任务包括：统筹梳理观众需求、制定观众服务标准并协调落实、编制并发布观众观赛指南、协调推进观众APP的研发、培养观众文明观赛、创造互动体验。

精英之所以是精英，正是因为他们能够对自己所担负的工作既能宏观把控，又能微观实操；既能兼顾身边，又能高瞻远瞩。长计划短安排，未来先知，防患未然。

6月的一天，6筒2层会议室，志愿者部第一次碰头会按期召开。圆形窗外，仲春时节的花红叶绿已经铺展到首钢园区的各个角落，到处绿意盎然，焕发出蓬勃生机。

第一次碰头会的定调是茶话会，无议程，不记录，与会的每个人畅所欲言，为志愿者工作集思广益，献计纳策，贡献智慧。

首次碰头会的意义不言而喻。

处长们凭借胸中的才华，各抒己见，共同构建志愿者工作的创新话语：自愿、奉献、快乐，进而上升到精神和文化——

怎么精彩？

如何非凡？

什么地方卓越？

最后，部领导讲话："这次茶话会，是志愿者部工作的起点，也是确定我们以后工作的基调。同志们都讲得非常好，我也谈谈我个人的想法，志愿者工作，还是要强调'问题意识'，各处室要认真梳理，仔细摸排，提前预知预判志愿者工作每个环节的风险防控问题。"

为了让现场气氛活跃起来，部领导讲了中国智慧的三种境界——

中国文化里对智慧的解释大致分为三种：过后方知、一见便知、未来先知，其实也是三种人生境界。历史上有很多典型的例子，比较集中的，就是三国时期，曹操杀蔡瑁、张允是不是过后方知？周瑜装醉骗蒋干算是一见便知吧？诸葛亮草船借箭，典型的未来先知嘛。各位都是博士、研究生，都是专家，知识视野比古人强多了，信息时代，我们获得信息的途径也比古人多，更能从这些信息中做到未来先知，做到提前预判，防患于未然……

"问题意识"的实质是"忧患意识"，各处在随后的工作中，一直坚持"忧患意识"，并持之以恒。

时间来到2020年7月20日。

副中心1号楼5楼会议室，志愿者部的主要领导正在给北京市委宣传部部长兼志愿者工作协调小组组长汇报，明确提出了志愿者工作需要防控的四个风险。

疫情防控常态化——

新冠肺炎疫情已经影响到志愿者工作各方面，需要提前考虑各种影响和不确定性，提前做好工作调整、制定好应急预案。志愿者招募方面：原计划将于2019年6月结合测试赛完成首批通用志愿者招募选拔工作，并计划于9月完成首批专业志愿者招募选拔工作，目前各高校均未开学，工作目标无法实现，团体招募工作以及系列宣传推广活动会受到严重影响。志愿者的选拔测试将需要更多地采取网络面试，给全面了解志愿者的情况增加了难度。国际疫情的持续蔓延，也使国际志愿者和华人华侨志愿者的招募存在不确定性。志愿者培训方面，未来需要更多地采用线上培训的方式，而很多的志愿者实操技能培训通过线上培训无法达到预期效果。测试赛方面，由于首场测试赛取消，未来测试赛可能缩小志愿者规模，造成志愿者工作无法通过测试赛完善工作和锻炼志愿者队伍。还需要同步考虑其他传染性疾病的防范，比如平昌冬奥会开幕前就因为诺如病毒暴发造成近200人感染。

冰雪运动的特殊性——

中国的冰雪运动尚不发达，相关的赛事组织经验和专业人才缺乏，同样导致了专业志愿者和志愿者管理人员不足。比如高山滑雪比赛，运动员一轮比赛结束后需要有志愿者滑着滑板将雪面整理平整，中国高山滑雪专业运动员都很缺乏，志愿者更是凤毛麟角，这些志愿者都需要从俄罗斯等国专门聘请。比如我们的医疗志愿者里面，会滑雪、会讲英语的骨科医生，全北京都找不出来几个。

冰雪运动对志愿者身体素质提出了更高的要求，尤其是在山区举办的雪上项目比赛，赛时室外最低温度达到-30℃以下，志愿者在室外待20分钟就几乎冻麻木了。平昌冬奥会期间志愿者受伤最多的不是冻伤而是烫伤，很多都是因为天冷将暖宝宝直接贴到皮肤上造成的烫伤。志愿者在雪地里滑倒造成骨折的情况也有很多。接下来需要我们给志愿者普及更多的冰雪运动特点、安全防护等专项知识。目前，北京冬奥会志愿者申请人女生占到70%以上，相比而言，身体素质更好一些的男生缺口较大。

两省三地办赛的模式——

2008年夏奥会场馆主要在北京城区，志愿者都在学校住宿，学校统一安排交通和食宿，管理难度相对小。北京冬奥会延庆赛区和张家口赛区由于场馆距离高校较远，需要集中住宿。如张家口赛区场馆附近无法满足志愿者住宿，志愿者所住高校距离崇礼比赛场馆需要近一个半小时车程，一旦遇上大雪极端天气将可能造成志愿者大批量无法到岗。志愿者每天最早到达场馆，最晚离开场馆，天气寒冷，路途遥远，会非常辛苦。志愿者集中住宿地还要做好相关的管理和保障，确保万无一失。

北京、河北两地志愿服务工作基础不一样。北京地区高校大学生每年有很多机会参与大型赛会或重要活动的志愿服务，各高校也都积累了丰富的志愿服务管理经验。河北地区志愿者和高校的相关经验相对较少，需要下大力气强化培训和实践。另外两地志愿者保障标准也存在不一致，比如可能延庆赛区的志愿者集中住宿地会安排在拆迁保障房，张家口赛区的志愿者集中住宿地为学校宿舍，硬件条件相对较差。

错综复杂的舆论环境——

每一名志愿者的一言一行都代表了冬奥会的服务水平和中国志愿者的整体形象，会被放到放大镜和聚光灯下。赛时，场馆里正式工作人员和志愿者的比例将达到1∶17，冬奥会的参与者面对的主要都是志愿者。如赛事服务，一名观众到场馆看一场比赛，从流程上看，至少接触到200到300名志愿者。如有个别志愿者出现不当言行或在自媒体上发布不准确消息，或者有个别单位出现志愿者选拔不严谨、管理不到位的现象，这些一旦被外媒捕捉到，很有可能成为攻击和抹黑冬奥会、抹黑中国的风险点。而且，2000年后出生的青年群体思维活跃，有时缺乏吃苦精神，需要切实加强政治素养教育和行为规范教育。

志愿者部作为"大本营"和"娘家人"，要从14个方面为全体志愿者统筹做好保障。为此专门设立了志愿者激励处，全力保障和服务志愿者吃穿住行，及时应对突发事件，强化志愿者人文关怀。按照新的人员计划，赛时，上万名志愿者将分布在3个赛区40多个场馆，保障服务任务艰巨，稍有不慎就可能引发重大事件。比如平昌冬奥会刚开始，由于志愿者住宿、交通保障不到位，导致2000多名志愿者集体流失，舆论哗然，给平昌冬奥组委后期工作带来了巨大的挑战。

面对这些风险，部领导对自己的团队信心十足："虽然志愿者部的工作任务艰巨，困难重重。但我们将牢记组织赋予的重要职责和光荣使命，凝心聚力、迎难而上，以向前一步的工作作风做好工作设计，以首善一流最好的标准做好各项工作，确保各项工作抓实、抓细、抓落地。"

部领导的声音平静而坚定，让整个会场的气氛充满了浓浓的自信与热烈。

当然，这份坚定和自信，不是凭空而来，必须有坚强的思想作保障。

2020年7月1日，建党99周年。

部领导特意组织了一堂党课：《用新思想武装头脑指导实践，用新理念推动冬奥志愿服务创新发展》，怎么指导？怎么创新？部领导一连提出十一问——

问一问是否做到了科学高效地推进筹办工

作总体计划?

问一问是否做到了以需求为导向积极参与场馆和基础设施建设?

问一问是否做到了倒排工期、精心筹备系列测试赛?

问一问是否做到了以高标准、创特色为目标全面推进赛会服务保障工作?

问一问是否做到了统筹兼顾深化宣传推广和舆情应对工作?

问一问是否做到了高起点谋划国际交流合作?

问一问是否做到了主动作为、妥善防范应对冬奥筹办重大风险?

问一问是否做到了精心策划遗产与可持续工作?

问一问是否做到了以突出"实干"为目标加强协调机构与筹办队伍建设?

问一问疫情是否影响到志愿者招募的进度,如何应对?

问一问赛会志愿者应具备怎样的能力和精

神面貌?

这十一问,问得志愿者部每个工作人员都动心动魄。

这十一问,问得每个志愿工作者都蓦然回首,审视自己每项工作的每个细节。

这十一问,促使志愿者筹备工作者们向前一步、勇担使命,以万无一失的工作标准全力推进各项工作。

这十一问,要求志愿者筹备工作者们统一思想、凝聚力量,形成党建工作和志愿服务工作有机融合、相互促进的生动局面。

这十一问,成了志愿者各业务领域工作的镜子和尺子。

当然,这十一问,也是志愿者部所有工作人员的动力和"磨刀石"。

选拔工作是志愿者部工作的第一步。各处迅速做出工作调整、制定应急预案。招募管理处利用现代传媒、网络平台、5G技术,采取网上选拔、视频面试等灵活多样的方式,创新开展工作,打开局面。

四

招募

青青子衿，悠悠我心

《诗经》有吟：

青青子衿，悠悠我心。

纵我不往，子宁不嗣音？

青青子佩，悠悠我思。

纵我不往，子宁不来？

挑兮达兮，在城阙兮。

一日不见，如三月兮。

今人有歌：

南拥花城读书香

北揽飞霞共起航

知行无涯梦为马

工于建构千万家

筚路蓝缕育桃李

栉风沐雨树栋梁

耕耘青春好韶华

成于创造满天下

筑梦同行

求真厚德

严修己身

超越自我

筑梦同行

心似海阔

志存高远

为家为国

把这一古一今两首诗歌并录于此，是想借此探讨一个问题：中华文明里，关于奉献和友爱的文化基因，自古有之，千百年来，祖先们一辈又一辈地在生活实践和生命感悟中，不断对其丰富和完善，形成眼下现代文明里一道美丽的风景。这个五千年的过程，到底有什么不同？

我站在首钢园区5筒6层的办公室窗前，让午后的阳光把我照得通体透明。我让思绪随意流淌，去尽情地思考"志愿者"这三个字的前世今生。

在汉语言文化里，无私奉献是几千年来历代中国人的传统美德，被传承和颂扬。"志愿者"是现代词语，但其精神实质和思想内核一脉相承。唯一不同的是，古代封建社会的奉献是纯粹的个人行为，缺乏社会组织，是散漫的，因此形成不了社会风尚，无法凝聚成社会力量，而现代志愿者不仅是个人奉献意愿的表现，而且具有社会组织，是集体行动，因此能够形成社会风尚，进而能衍化成向善向美的社会力量。

2019年12月5日10时，在北京冬奥会志愿者部筹备工作中，这是一个值得纪念的里程碑式的时刻。

首钢园区里，秀池的水面上已结成厚厚一层冰，景山上的亭子傲然屹立在北方的寒风中，那几个红色的柱子像是园区的标志，醒目地矗立在山顶，亭盖上的积雪在阳光下晶莹如玉。雪的白与柱的红，加上秀池的冰和天上的蓝，构成冬季首钢园区里一幅优美的山水画，一首动人的天地诗。

在这片天地山水的诗画中，刚刚竣工的北京冬奥会竞赛场馆之一，被称为"飞天飘带"的首钢滑雪大跳台，此刻正被彩旗和人群层层叠叠地包围。从正面看去，这个取材于敦煌壁画中设计的大跳台，身姿傲然，宛如一道正在打开的大门，伸向远方，通向天际，走向未来。彩旗把整个现场渲染成一片红色火光，这火光随着歌声，随着欢呼声，阵阵飘动和摇曳，像是在冰雪之上燃烧的火焰。

来自社会各界的嘉宾与1000名志愿者代表相聚大跳台下，静静地等待一个激动人心的声音响起。

10时整，扩音器里的声音传出来，洪亮激越："2022年北京冬奥会赛会志愿者招募启动仪式开始！"

声音在首钢园区的上空回响，并通过电视和各种网络媒体，同步传向全球的各个角落。

启动仪式开始后，首先出现在大屏幕上的，是远在万里之外的国际奥委会主席托马斯·巴赫的视频致辞：

> 志愿者是奥运会筹办团队中不可或缺的部分，全世界都会记住你们的微笑和服务。北京冬奥会志愿者工作会激发公众对冬季项目的参与热情，尤其是年轻一代。北京正在创造历史，将成为全世界第一个"双奥之城"。我鼓励每一个人，参与书写这一令人振奋的奥林匹克历史新篇章，成为北京冬奥会赛会志愿者，将是一件值得一生铭记的事情。志愿者，让全世界记住你们的微笑。

巴赫之后，国际残奥委会主席安德鲁·帕森斯视频致辞：

> 中国即将步入一个新时代，迎接一个充满机遇的时代、一个历史上崭新的时刻。我呼吁，

志愿者共同参与北京冬残奥会，见证其带给中国新气象的重要时刻。

12月5日，这是个特殊的日子，第34个国际志愿者日。

在这个国际志愿者日，曾经在电视里见过的那些熟悉面孔，纷纷在首钢园区北京冬奥组委总部出现了。

李晓丹，先后在"一带一路"国际合作高峰论坛、亚洲文明对话大会、世园会等大型活动中担任志愿者。熟悉她的人都称她是"老志愿者"，虽然只有25岁，但已经有近10年志愿服务经历。李晓丹说："我非常期待在北京冬奥会上一展身手。作为新时代的青年，我们应该更多地服务他人，参加志愿活动的同时，自身也能得到提高和成长。从事志愿者工作，最重要的就是有一颗愿为他人、愿为社会奉献的心。"

孙昕，北京理工大学的一名在读研究生，参加过第二届"一带一路"国际合作高峰论坛、中非合作论坛、亚洲文明对话大会等志愿服务工作。孙昕说："对我而言，志愿服务工作就是让世界变得更美好，我们一点一滴的行动，都是在为创造一个美好的世界做贡献。这次北京

2022年冬奥会和冬残奥会，我已经迫不及待想加入了。"

李菊，曾作为北京2008年奥运会志愿者，在闭幕式上接受国际奥委会委员代表献花，她说："2008年奥运会给我们留下了宝贵遗产，时隔十一年，我们已经走进了新时代，冬奥志愿者将用微笑与奉献诠释志愿服务精神，打造北京2022最亮丽的风景线。"

北京市委书记、北京冬奥组委主席蔡奇将赛会志愿者报名邀请函交给志愿者代表，并与志愿者代表们共同开通赛会志愿者全球招募网络系统。

屏光闪烁，彩旗招展，欢声笑语，北京2022年冬奥会和冬残奥会志愿者招募工作正式开始。

北京市副市长、北京冬奥组委执行副主席张建东致辞：

热忱欢迎来自全球志愿者参与北京冬奥会和冬残奥会，向奥林匹克大家庭、国内外来宾提供微笑服务、打造暖心印象，创造北京冬奥会和冬残奥会的精彩、非凡、卓越。

北京冬奥组委专职副主席、秘书长韩子荣面向全球发布赛会志愿者招募公告，介绍了招募数量、报名条件、基本程序，热情欢迎海内外各界人士参与冬奥、贡献冬奥。

赛会志愿者将分布于北京、延庆、张家口三个赛区及其他场所、设施等地，参与国际联络、竞赛组织、场馆运行等十多类志愿服务。赛会志愿者主要来自高校本专科生及研究生、中学生、各省区市、港澳台、海外华侨华人以及世界各国各地区，招募方式及报名途径基本相同。报名截止时间为2021年6月30日晚24时。

那些耳熟能详的各路明星纷纷登场：杨扬、王皓、郎朗、伊丽媛、成龙、容祖儿、常石磊、吉克隽逸……志愿者代表李菊带着他们齐诵倡议书《筑梦同行》，共同演唱冬奥会志愿者歌曲《燃烧的雪花》。

这些志愿者们，在大跳台下纵情高歌，诠释了志愿者的光荣与梦想，表达参与北京冬奥会和冬残奥会的激情意愿，号召志愿者行动起来，共建共享体育与文化的全球盛典。

北京冬奥会和冬残奥会志愿者标志正式推出。这个由国际通用手势"我爱你"演化来的标志，像一个青春的笑脸，充满着无限的动感和永恒的激情。

招募仪式启动后，北京2022年冬奥会和冬残奥会组织委员会、中央精神文明建设指导委员会办公室、中国共产主义青年团中央委员会、中华人民共和国教育部、国家体育总局、中国残疾人联合会、中国志愿服务联合会七部门联合发出广泛开展迎冬奥志愿服务活动倡议：

参与冬奥服务，做奥林匹克精神的践行者——

纯洁的冰雪，激情的约会。让我们利用各类宣传载体和平台，广泛宣传奥林匹克文化和冬奥知识；通过访谈、讲座、志愿沙龙、展板展示、班队会等形式，深入开展志愿服务活动，推动奥林匹克文化和冬奥知识进机关、进企业、进社区、进校园、进家庭；积极参与北京冬奥会驻会志愿者、测试赛志愿者、赛会志愿者、城市志愿者和遗产转化志愿服务项目，为北京冬奥会奉献有温度的志愿服务。

推广冰雪运动，做全民健身事业的先行

者——

文明其精神，野蛮其体魄。让我们积极参加体育锻炼，享受冰雪运动乐趣，推广文明生活方式，增强身体素质，提升健康水平；组建培养专业志愿者队伍，定期到学校、社区、文化场所等地，推广普及冰雪运动知识，组织体验冬季运动项目，提高社会公众对冰雪运动的认知度和参与度；策划组织形式多样、生动活泼的体育文化推广活动，影响和带动广大人民群众参与全民健身、参加冰雪运动，为北京冬奥会增添有厚度的群众基础。

开展文明实践，做社会文明进步的推动者——

我为人人、人人为我。让我们深入城乡社区、交通场站、旅游景点、公园广场、新时代文明实践中心等，组织实施爱国卫生、节约用餐、安全宣讲、法律普及、垃圾分类、绿色出行、交通引导、文明旅游、文明上网、应急救援、环境保护等志愿服务项目，开展常态化、专业化志愿服务活动，促进国民素质提升，推动社会文明进步，为北京冬奥会涵养有深度的人文环境。

开展交流互鉴，做中华优秀文化的传播者——

各美其美、美美与共。让我们广泛吸引凝聚国际志愿者和志愿服务组织参与北京冬奥会志愿服务，共同传播奥林匹克精神。加强中外志愿服务的交流、互动与融合，学习借鉴先进国家和地区志愿服务的理念文化，在携手服务中增进了解、加深友谊。在对外交往中积极传播中华优秀文化，讲好中国故事，助力构建人类命运共同体，为北京冬奥会拓展有广度的国际空间。

实施关爱行动，做扶残助残爱残的示范者——

积小善为大善、善莫大焉。让我们不断健全扶残助残志愿服务项目体系，促进残健融合，助力提升全社会扶残助残意识；以残疾人、贫困残疾家庭、残疾家庭子女为重点，广泛开展家政服务、康复医疗、残疾预防、创业就业、支教助学、法律维权、文化体育、心理疏导、无障碍环境等志愿服务，增强广大残疾人的获得感幸福感安全感，为北京冬奥会提供有力度的助残服务。

赠人玫瑰，手有余香。志愿服务是历届奥运会成功举办的重要保障，志愿者是奥运会主办城市的靓丽名片。现在距离北京冬奥会开幕还有500天，让我们携起手来，立足新时代、展现新作为，大力弘扬奉献、友爱、互助、进步的志愿精神，用热情服务冬奥，用微笑温暖世界，为成功举办一届精彩、非凡、卓越的奥运盛会贡献力量！

倡议书一经发出，报名网站上各项统计栏目的数据以每秒近数十人的速度增加。

参加报名的志愿者中，各路人才齐聚冬奥会，有些人，已提前参与到北京冬奥会的工作中。

剪出心中的"冬奥梦"

还记得挂在6筒2层那幅巨大的"志愿者之家"红色剪纸吗?

这幅剪纸作品的作者,正是一名甘愿为北京冬奥服务的志愿者,大名:高佃亮。

高佃亮,蔚县南留庄镇单堠村人,燕山大学艺术学院兼职教授,河北大学国际交流与教育学院客座教授,蔚县剪纸代表性传承人。制作冬奥主题剪纸若干,作为志愿者多次为学校、社区讲授剪纸知识、技艺。

"张家口赛区,作为北京2022年冬奥会和冬残奥会的分赛场啦!"张家口人民欣喜若狂,奔走相告。

这个消息传开,让张家口蔚县的民间艺术家们激动不已,也自豪不已。高佃亮作为蔚县剪纸省级非遗传承人的代表,早在北京冬奥会申办之际,就凭借一双巧手,用刀和剪创作出多幅冬奥主题的剪纸作品。

当以表现老百姓日常生活的蔚县剪纸参与到一项又一项重大活动中,这门民间艺术的内容与形式都发生了深刻变化。高佃亮通过深度参与奥运会，一边剪创奥运题材的作品，一边到学校、社区当志愿者，讲授剪纸技艺、知识，将蔚县剪纸的名声传得更远，叫得更响。高佃亮说："作为中国人，作为国家的一分子，能为国家出点力，能够为国家做点事情是一件很开心的事情，去做志愿者的时候也感觉到心情特别舒畅。"

蔚县剪纸与中国北方所有的剪纸艺术一样，最初就是作为窗花装饰用，经过民间艺人的巧手巧思，蔚县剪纸在继承传统的基础上，历经单色剪剪纸、单色刻剪纸、点彩刻剪纸、套色刻剪纸四个阶段的发展，成为剪纸手法集诸家长处于一身，与绘画相结合，先染后刻，永不褪色的独特剪纸艺术。当它与奥运元素结合，这张"民俗名片"拓展了艺术边界，向世界展示了蔚县剪纸的多彩魅力。

2008年5月，为迎接北京奥运会，他创作了巨幅剪纸作品《奥运颂》，被中国体育博物馆永久性收藏，他制作的罗格、萨马兰奇等国际奥委会历届主席剪纸肖像作品，在北京奥林匹克博览会展出后被中国奥组委收藏。高佃亮作为中国工艺美术行业三位代表人之一，在奥运村国际记者团驻地现场展示、制作蔚县剪纸，同时又作为河北省代表参加了中国祥云小屋的剪纸现场制作表演。

2015年7月，申办冬奥进入关键时刻。高佃亮带着国际奥委会历届主席剪纸肖像作品，带着冬季奥运滑雪项目9幅剪纸作品，参加了7月30日至8月1日在马来西亚吉隆坡举行的"中马文化交流节"。9幅蔚县剪纸造型优美，色彩逼真，作为张家口城市名片，展示了北京携手张家口申奥风采，得到了国际奥委会主席巴赫的高度评价，各国友人赞不绝口。

2015年7月31日，当巴赫主席宣布北京为2022年冬奥会和冬残奥会举办城市时，正在吉隆坡的展室里收看直播的高佃亮激动地跳了起来。作为申办工作者，他与同事热烈拥抱，庆祝胜利。此后，高佃亮的艺术创作与冬奥更加密不可分。在这个过程中，他的信心更坚定："做奥运志愿者，使我的人生更加精彩，更加辉煌了。"

一袭蓝衣，不显自我

丰乐，河北张家口人，燕山大学教师。2008年北京奥运会时负责IBC（国际广播中心）、MPC（主新闻中心）区域的媒体入场和道路指引志愿工作，累计服务近200小时，被评为"河北省优秀志愿者"。北京2022年冬奥会国家冬季两项中心赛事服务志愿者候选人。

为了能够做好这份志愿工作，丰乐在赛前做足了多方面的准备。首先是语言，除了英语之外，丰乐还自学了日语、法语的日常用语。其次是在团队协作方面，出征前，为了能顺利展开工作，丰乐参加了团队协作拓展训练。

丰乐所在团队其中一项工作是查验进入人员的证件。"您好，请在这里查验证件。您请进，谢谢您的合作。"——类似的话，丰乐每天要说上千次，同时还要带着标准的志愿者微笑。电视媒体记者通过时，往往携带很多机器设备，丰乐会帮他们拿起颈上的证件放在刷卡仪上扫验，省去他们放下设备、拿起证件、重拾设备的过程。一个小小的动作，缓解了记者们等候安检的焦急，赢得媒体工作者们对志愿者工作的理解。

为了提高自己志愿者服务的能力，丰乐下班后，会拿出发放的语言材料阅读，将休息时间有效转化为学习时间。几天下来，她就能掌握韩、俄、法、德、意、西班牙和阿拉伯语的基础会话。

结束工作的通勤路上，志愿者们兴奋地谈论当日的赛事，中国又拿了几枚奖牌，又有哪些令人或敬佩或唏嘘的故事发生在赛场内外。志愿团队是离奥运赛场最近的人，却也是最晚知晓比赛结果的人，但这丝毫不影响志愿者团队余有荣焉的自豪感和服务赛会的责任心。

身为张家口人，丰乐非常了解家乡近些年在迎接冬奥会过程中发生的变化，有着2008年北京奥运会志愿服务经验的丰乐，信心满满："我随时准备着把张家口讲给世界听，向世界展示张家口的风貌、中国的风采。同时也尽可能地为年轻志愿者做好保障。"

一袭蓝衣，不显自我。在丰乐的心中，志愿服务只有团队，没有个人，"赛会志愿者"便是志愿者的集体标注。

申请参加北京冬奥会志愿服务的人数，每天都成倍增长。在这个庞大的数量背后，我们来听听中国当代青年的心声——

"不参加一次奥运会，你就不知道自己有多爱国！"

这句话和关于这句话的故事，是任炜给我讲的。那是他带着中国志愿者参加平昌冬奥会期间，一位不到20岁的年轻志愿者的话。任炜说他也忘了这姑娘的名字，只记得她是一个稚气未脱的标准的中国美女：弯柔舒缓的细眉，明亮清澈的眼睛，乌黑披肩的秀发。也不知道她到底是大学生志愿者还是社会志愿者，她和一大群志愿者从任炜的身边走过，欢快地聊着天，然后，像一群快乐的小鸟，奔赴到场馆里各自的岗位。用中国名片式的微笑为冬奥服务。

"不参加一次奥运会，你就不知道自己有多爱国！"

那一群年轻的、朝气蓬勃的年轻人！他们的身影与那些来自全国各地逆流而上的志愿者们融为一体。社会各界这些千千万万的清晰的眉目，组成了一副奔涌向前属于北京冬奥的精彩的"中国面孔"。

打造最美的"中国名片"

在服务北京冬奥的志愿者报名座谈会上，河北大学2019级葡萄牙语专业的石颂歌的发言给在场所有的人都留下深刻印象，这不仅仅是因为她那具有播音员般的美妙声音，更主要是她发言的内容。

石颂歌说：

"虽是凛冬已至，但很高兴因为冬奥会能在这个国际志愿者日与大家相遇，让一颗颗炽热的服务心、奉献心为冬日增添几分温暖。我的奥运梦想萌生于5年前，2015年7月31日，北京冬奥会申请成功。那一天我在空间里说：'中国人欢呼了！沸腾了！这是一个历史性的时刻，烟花为中国燃起！大中国2022申请冬奥会成功。让我们期待2022！！'结尾一连串的感叹号定格了一个初二女孩的兴奋，也催生了一个平凡少年奥运梦想的种子。那时的我，对'志愿者'的概念还比较模糊，但一种难以言说的力量，时刻在告诉我：好好学习文化知识，多多练习外语能力，我一定有机会拥抱奥运。高中阶段我参加了各项作文大赛、国学大赛、英语比赛，获得了国家级省级各类奖项，参加了'国际化青年研学营'，等等，那个大大的梦想激励着自己变得更加优秀。"

我后来追踪石颂歌的经历，这姑娘把自己单纯的梦想变得坚韧，是升入大学以后。2019年9月，她来到河北大学，河北大学近百年的悠久历史、"实事求是"的校训、"博学、求真、惟恒、创新"的校风，感染着她、浸润着她、激励着她。面对即将到来的2021年河北大学百年华诞，她想他们送给学校最好的贺礼之一就是让河大精神在冬奥会志愿服务过程中文脉绵延，熠熠生辉。带着河大人的朴实与热情、奋进与担当，她同其余8000多名河大学生踊跃报名参加冬奥志愿者的选拔。她知道，那个初二女孩梦想的种子，在不断地长大，在迎接绽放。然而长风破浪会有时，她在学校的第一轮选拔中落选了。当她自我怀疑时，她的老师问她，奥林匹克的精神是什么？是"更快、更高、更强"。那它的原动力是什么？是"自信、自强、自尊"。小到一个个体，大到整个人类，都会经历千磨万击。真正理解了奥运精神，就知道风雨兼程中，积极的人生态度才是梦想扎根的坚实土地。经过抗击疫情社区志愿服务、河北省世纪之星大赛筹备、关心残障儿童支教、澳门大学葡萄牙语暑期班等不断的磨砺，终于在第二轮选拔中，她进入了学校的储备行列。

现在，石颂歌的奥运梦想在不断淬炼中，熔铸成一个中国青年的坚定信念。在学校一系列的冬奥知识、传统文化、志愿精神的培训中，在专业课的求学奋进中，在习近平新时代中国特色社会主义思想的学习践行中，她认识到她的奥运情怀源于一个普通的中国孩子对祖国母亲浓烈而深沉的热爱；源于一个当代学子对中国特色社会主义的道路自信、理论自信、制度自信和文化自信；源于一个时代青年争做堪当民族大任、时代新人的自醒自觉。

石颂歌说："回望梦想之路的跌宕起伏，我对冬奥会志愿服务的期盼从来不曾减弱，但我更知道，浸入内心的奥林匹克精神和家国情怀，已经把一个平凡少年的憧憬，融升为当代大学生的理想和中国青年的信念。当2022年冬奥会在纯洁的冰雪上，盛大开启激情的约会时，无论我是否有机会在现场志愿服务，我都会以最好的姿态，积极传播中华文化、讲好中国故事，用青春的激情打造最美的'中国名片'。"

2020年9月21日，距北京冬奥会倒计时500天。北京地区举行了盛大的倒计时庆祝活动。

北京冬奥会，北京赛区将承担全部冰上比赛项目，共有13个场馆建设改造项目，其中新建场馆4个、改造场馆7个、临建场馆2个。国家速滑馆、首都体育馆、国家游泳中心、五棵松体育馆、国家体育馆等8个场馆已进入建设收尾阶段。首钢滑雪大跳台、国家体育总局冬季运动管理中心综合训练馆已经完工。到年底，北京赛区10个场馆完工。此外，承担北京2022年冬奥会和冬残奥会开闭幕式任务的国家体育场"鸟巢"改造工程、赛时作为北京冬奥会主新闻中心和国际广播中心场地的国家会议中心二期工程将于2021年年底完工，作为临建场馆的北京颁奖广场也将完工。

为深入贯彻落实习主席对北京冬奥会筹办工作指示精神，进一步做好北京冬奥会宣传推广工作，北京冬奥组委、北京市委宣传部、北京市委讲师团组建起北京冬奥宣讲团，通过介绍北京冬奥会、冬残奥会筹办工作进展，向社会各界解读举办冬奥会的重要意义、北京冬奥会愿景和理念。

北京2022年冬奥会的脚步越来越近了，大众对冰雪的热情也越来越高。冬奥社区为广大群众的广泛参与提供了平台，传承冬奥文化，向全世界展现了中国之美、冬奥之美、运动之美和文明之美。在冬奥会倒计时500

天到来之际，北京地区举办一系列特别节目《我与冬奥的故事》。

一片匠心为冬奥

面对记者的采访，刘博强率先发问："提到2022，你会想到什么？"没等记者回答，他说："我想，大家的第一反应是：北京冬奥会！"

刘博强今年42岁，在首钢工作22年了，曾经干过轧钢工、维检工、焊工。2016年，冬奥组委进驻首钢园区，保障冬奥成了他们的首要任务。原来的车间，被改造成了冬奥训练场馆。随着冬奥会进入北京时间，刘博强做梦也没有想到，自己竟然转型成了一名"制冰工"。

对于制冰，很多中国人还不太懂其工艺，以为是放点水，冻成冰就完成。可是，比赛用冰，还真就没那么简单。制冰，对水温、洁净度、pH值都有严格的要求。不同的比赛项目对冰的软硬、薄厚和温度的要求，也不一样。湿度大了房顶会滴水，温度高了冰面会有水，要想制成合格的冰场，不下一番功夫是不行的。

3个月，没有周末，每天十几个小时。不管室外多少度，刘博强穿上羽绒服和棉护腿，一遍又一遍地泡在体育馆里练习制冰。

工匠精神的内涵之一就是精益求精。刘博强还要学习掌握所有项目中，难度最大的冰壶赛道制冰。

冰壶运动极具观赏性。和普通的冰场不一样，冰壶赛道的表面不是光滑的，而是有一层小的凸起，叫冰点，目的是为了增加冰壶赛道的滑度，方便控制和刷冰。制作冰点的过程叫作"打点"，是一项技术难度极高的工作。目前，全世界的顶级制冰师不超过20人，这20人里，没有中国人。首钢冰壶馆邀请的，是来自加拿大的顶级制冰师JIMMY。

刘博强在心里跟自己说，要做顶级的中国制冰师。

然而，现实情况是，刘博强根本没有上冰的机会。刘博强急了，他对记者说："没有机会，创造机会也要上。"

刘博强借来打点壶，晚上夜深人静的时候来到场馆外的马路上，把非机动车道和机动车道的分界线，当成冰壶赛道的中心线，摸索打点的技巧。背着40多斤重的打点壶，他成了夜里的独行侠……

2个月，打点路线150公里，刘博强终于找到了感觉。

机会总是留给有准备的人，有一天，JIMMY临时安排刘博强上冰"打点"。刘博强兴奋紧张之余，暗自告诫自己，不能辜负那两个月的夜行侠生活。他战战兢兢地上了赛道，凭着之前马路上的经验，一次成功！

JIMMY大吃一惊，连声说道："amazing! amazing!"当场决定："从今天起，你可以正式上冰啦！"

那天晚上，刘博强兴奋得一宿没睡。

真正上了冰，刘博强才知道，一次成功真不算什么，每次成功才算成功。首钢冰壶馆的赛道长45.72米，宽4.72米，从头到尾打一次点，需要45秒钟，慢了不行，快了也不行。它考验的是力度、熟练度和精准度。

一个顶级的制冰师，需要经过成千上万次的训练，才能形成"肌肉记忆"。由于职业习惯，每天高强度地练习，现在，刘博强的右胳膊明显比左胳膊粗了一圈。为了能和国际一流制冰大师更好地交流，学到最先进的制冰技术，刘博强正在努力学习英语，为保障冬奥会贡献自己的力量。

曾经有记者问刘博强："你有梦想吗？"

刘博强坚定地回答："我有！那就是到2022年北京冬奥会的时候，我以中国制冰大工匠的姿态，出现在保障冬奥会的现场！我是刘博强，我是一名中国制冰师！"

采访结束，刘博强在自我总结中展示了中国新时代产业工人的胸襟和视野："我相信，凭着中国工匠的韧劲，我会做得更好。今年是新中国成立70周年，距离北京冬奥会已经进入倒计时。习近平主席说：北京将成为国际上唯一举办过夏季和冬季奥运会的'双奥之城'，办好北京冬奥会、冬残奥会，是党和国家的一件大事。作为新时代的产业工人，回顾自己的成长经历，我从未如此真切地感受到，自己同国家发展、国家大事之间有着这样紧密的联系！"

"我为雪生为国战"

郭丹丹曾经是一名自由式滑雪空中技巧运动员。

小的时候，郭丹丹是练体操的，在11岁那年，中国雪上项目空中技巧队到体操队选人，郭丹丹被选中了，成为一名滑雪运动员。"第一次滑雪的场景至今都忘不了，教练把我们带到了山顶上，他从后边扶住我，反复地问，丹丹，准备好了吗？等问到第三次的时候，我推开教练的手，迫不及待地说我可以了！就冲了下去。耳边呼呼的风声，我像小鸟一样自由飞翔，这种感觉太美妙了，瞬间我就爱上了滑雪。就在滑下来的过程中，我突然发现不知道怎么停下来，结果就抱在了树上。就这样，我和小树有了一次亲密接触。"

经过几年的刻苦训练，郭丹丹终于可以参加世界比赛了。1996年，16岁的郭丹丹，第一次参加世界杯，就突破了中国历史上第17名的最好成绩，获得了第7名。后来郭丹丹越战越勇，终于在1997年澳大利亚世界杯比赛中获得了冠军。当时澳大利亚、美国、加拿大这三个国家一直都很强，尤其澳大利亚的选手克什蒂10次有8次是冠军。这次澳大利亚作为东道主，可想而知，郭丹丹当时压力山大。在郭丹丹最后一跳之前，是克什蒂的最后一跳，当克什蒂跳下去后，郭丹丹听到全场一片欢呼，似乎已经在庆祝她得了冠军，郭丹丹说："我想她一定是完成得特别好，我的心紧张到了嗓子眼，想一想自己这些年的努力，我对自己说，要挑战自己，拼了！"

郭丹丹选用了当时世界上女子难度系数最高的B46，向后翻腾2周，第1周在空中转体360度，第2周在空中转体720度，滑行、腾空、转体……郭丹丹稳稳地落地。当记分牌上打出了分数的时候，很多外国运动员拥到郭丹丹面前，翻译从山上连滚带爬地冲下来，紧紧地抱着郭丹丹说："丹丹，我们是冠军！是冠军！"

郭丹丹瞪大眼睛，张大嘴巴，眼泪就下来了。

接着应该是颁奖仪式，可是在高兴之余，郭丹丹迎来的却是漫长的等待。所有人都不明白发生了什么，不住地问身边的人："怎么还不颁奖？"但每个人的回答都是："等待、等待。"

终于，在3个多小时后等来了颁奖仪式。那时候，郭丹丹才知道，主办方根本没有想到中国运动员会获得冠军，3个小时里他们到最近的领事馆借来了一面中国国旗，又临时召集乐队演奏中国国歌。虽然郭丹丹在现场没看到五星红旗冉冉升起，但这五星红旗永远印在了她的心里。郭丹丹成为中国滑雪史上第一个世界冠军，打破了滑雪界几代中国选手没能登上最高领奖台的纪录！

"但世界冠军不是我的终点，我要站到奥运会的最高领奖台上。"郭丹丹为自己定下了更高更远的目标。

1998年，在郭丹丹18岁的时候，她代表中国队参加日本长野冬奥会，万万没有想到，在开赛前10分钟的最后一次试跳中，郭丹丹严重地受伤，从10多米高空中，"砰"的一声，连人带板摔在了雪面上。

郭丹丹不能动弹。教练焦急地盯着她，问："有事没？"郭丹丹强忍着疼痛挤出笑容，说："我没事。""你没事，那你站起来。"可是郭丹丹真的站不起来，她从胯骨以下一点知觉都没有，她怕摔残了，使劲地掐自己，发现还有疼痛感，知道还没残。随后，郭丹丹被医务人员搀了出去。摔得那么重，郭丹丹都没哭，但是当中国代表团副团长说："丹丹，如果不行，咱们退赛吧。"郭丹丹哭了。

郭丹丹说："我知道他们是担心我会再次受伤，我哭着说，我不能退赛，我练了这么多年，为的就是参加奥运会，我要为国争光，不能当逃兵！"副团长含着眼泪说："那赶紧处理一下受伤的位置吧。"就在医务人员准备脱下郭丹丹的雪鞋时，她马上制止了他，因为郭丹丹知道，这个时候一旦把脚从雪鞋里拿出来，一定会充血肿胀，在这种情况下，就算她再坚强、再坚持，她的脚也很难再穿上这双鞋了。郭丹丹对医务人员说："请把鞋给我再扣紧点。"这时，正式比赛时间到了，国际雪联代表乔下来问郭丹丹："丹丹郭，你还能继续参加比赛吗？"郭丹丹坚定地告诉他："我可以。"乔摸摸郭丹丹的小脑袋说："中国姑娘，太棒了，我祝福你能取得好成绩。为你加油！"为此，在国际赛场上，有史以来第一次把正式比赛时间推迟了10分钟。郭丹丹咬牙坚持完成两跳后，倒在雪地上。那时抬着担架的救护员已经进了场地，郭丹丹腾地站起来，说："我不需要担架，作为一个中国人，我绝不能让担架给我抬出去！"郭丹丹站在雪地摩托上，向全场致意后离开赛场。直升机把郭丹丹送到了东京最好的医院，在照了两次片子后，郭丹丹依然不肯相信她的脚骨骨折，第三次片子拍完，医生们齐刷刷向郭丹丹鞠躬，说："中国姑娘，我们特别敬佩你，但是你的右脚确实骨折了，而且很抱歉地告诉你，你的另一只脚的脚筋也断了。请你相信我们。"

虽然这次比赛郭丹丹没有拿到梦想中的金牌，只获得了第七名，但是1998年奥运会的上空一直回响着一个故事，一个中国姑娘诠释了什么是奥林匹克精神。不只是站在最高的领奖台上，更是顽强拼搏，不服输，勇往直前！

后来，郭丹丹因伤离开了赛场，但是丹丹的心依然惦记着她热爱的冰雪运动，她为雪而生。

2003年，郭丹丹来到了崇礼，成为冰雪运动公益推广者，并开办了滑雪学校，开展冰雪进校园活动，这一坚持就是17年。2011年郭丹丹成立了体育明星冠军滑雪队，与众多体育明星一起，推广冰雪运动。郭丹丹说："我要继续为中国冰雪而战，带动更多的人参与到冰雪运动中来，为我国的冰雪事业贡献出自己的全部力量！"

让五星红旗在冬奥赛场上高高飘扬

刘玉坤原来是一个残疾人运动员，在国内外的重大比赛中得过22枚金牌，6次打破过世界纪录。因为在铁饼、铅球、标枪项目上都有过好成绩，当时媒体在报道她时送了她一个美丽的绰号："三铁公主"。

刘玉坤从小就喜欢体育运动。18岁之前，她是学校篮球队的后卫，经常和男孩子一起踢足球、滑冰、打冰球，体育带给她很多的快乐和梦想。19岁那年，刘玉坤进工厂当了一名电焊工。有一天，她正专心干活呢，身后的一块钢板突然倒了，砸在她脚上，当即将她砸昏过去。等她再睁开眼时，两只脚没了，19岁，如花似玉的年龄，脚没了，可怎么生活啊？不想活了，刘玉坤一次次地自杀，妈妈哭着对她说："你要是死了，我也不活了！"为了母亲，刘玉坤活了下来。

1984年，刘玉坤来北京换假肢，在路过工人体育场的时候，看见一群残疾人在训练，她走过去问："你们这是要干啥？""去美国参加奥运会。""残疾人也能参加奥运会？"刘玉坤瞪大了眼睛，走不动了。

一名像是教练模样的人走过来，上下打量刘玉坤："你哪儿不好啊？""我……我两条腿是假肢。""你会什么体育项目吗？""会得可多了。"教练又问很多，还让刘玉坤做了几个动作。那位教练说的一句话让刘玉坤终生难忘："你要是不怕吃苦，将来你是一个能让国旗升起来的人！"这话让刘玉坤眼前一亮，后来刘玉坤才知道，他就是北京体育大学副校长田麦久教授。

就为这句话，刘玉坤戴着假肢再一次走进了体育场。教练帮她选择了铅球、铁饼、标枪这三个完全陌生的项目。训练太遭罪了，假肢经常把腿磨出血。就是闷热的夏天，残肢上也要套上厚厚的棉袜子。教练从铁饼的旋转、铅球的滑步、标枪的助跑教起，一个动作每天要做上百次的模仿。训练不仅苦而且特别枯燥，半蹲杠铃时假肢根本使不上劲，只能用腰去顶。训练中两次摔断胳膊，卧推杠铃砸伤了脸。铁饼每天要投100次，投出去自己还得捡回来。冬天铅球投到雪地里，捡回来贴在脖子上停一会儿就能粘掉一块皮。

如此，在年复一年的训练、比赛中，刘玉坤的成绩也在不断地提高。

1992年，刘玉坤代表中国队参加了在西班牙巴塞罗那举办的第9届残奥会。那天，在蒙锥克体育场的铁饼比赛，正是中国传统佳节中秋节。在参赛的20名选手中，刘玉坤进了前6名，排名第5。决赛最后一轮开始了，18岁的法国黑人小将投出了25.38米的成绩，排名第1。刘玉坤当时心里就凉了半截，没戏了。25米啊！这可是刘玉坤训练这么多年从来都没突破过的大关！

刘玉坤闭上眼睛坐在地上，摸了摸自己的假腿，想起了这么些年的训练，还有教练跟她说过的那句话，心情渐渐平静下来。还剩下最后一投。刘玉坤决定用旋转技术，为了这个技术，训练的这些年，刘玉坤每天把铁饼绑在手上，在圈里上百次地转，转好了，会比原地投掷远出两三米，转不好，假肢就会飞出去，摔倒，比赛中从来没敢用过。刘玉坤对自己说："豁出去了！拼了！"她从地上跳起来，挑了一块象征吉祥的红色铁饼，大喊一声走进了投掷圈。

平摆，旋转，一声大吼！铁饼从刘玉坤的手里嗖的一声飞了出去，可是却迟迟没有看见荧光屏上打出的成绩。只见裁判在场地上跑来跑去的，听不懂他们在说什么。

"我犯规了？可我好像看到裁判举白旗了，应该有效呀！咋的了？"刘玉坤心里正嘀咕着，突然听到广播中China Yukun Liu，她抬头一看，不敢相信，揉了揉眼睛，是真的，25.96米，打破世界纪录！得金牌了！刘玉坤坐在地上哇哇大哭，伴着她的哭声是"China、China！"。

站在高高的领奖台上，看着升起的五星红旗，刘玉坤的眼泪流进了嘴里，那滋味是苦的、咸的、辣的、甜的。

从此，刘玉坤代表国家队征战国内外赛场32年。2008年，刘玉坤作为奥运火炬手，在鸟巢感受到志愿者的专业服务。刘玉坤说："我自己不能披挂上阵了，就做一名志愿者继续为运动员服务吧！因为我离不开这个我热爱了一辈子的赛场。和体育结缘这么多年，我亲身经历了祖国从体育大国变为体育强国的过程，国民体质也在全民健身中得到了提高。回想我从2008年做志愿者以来，无论是每年的北马、越野马拉松赛事，还是申冬奥延庆野鸭湖20公里徒步。我从一个普通的志愿者成长为全国首批的五星级志愿者。我快60岁了，现在只有一个愿望，在我有生之年争取成为2022年冬奥会、冬残奥会火炬手，尽我所能服务奥运，看着更多的中国运动员拿金牌，让五星红旗在冬奥赛场上高高飘扬！"

心中有爱，世上无难

夏伯渝，今年71岁了。2018年第5次攀登珠穆朗玛峰成功登顶。夏伯渝说："为了让五星红旗在珠峰高高飘扬，我用了整整43年的时间！"

　　我之所以把夏伯渝老人的故事收录于此，并不是因为他跟志愿者有什么关联，而是因为从他的身上，我们看到了中国人对于冰雪的热爱，看到了永不服输的中国精神。

　　心中有爱，世上无难。

　　1975年，夏伯渝26岁，人称外号"火神爷"，一年四季都可以冷水洗澡，在国家登山队经过2个月的专业训练，他第一次向珠峰发出挑战。那个时候，8848米，在他的脑海里还只是一组数字，并不知道它究竟代表着什么，没有恐惧感，只有一定能成功冲顶的满满自信。

　　第一次登山没有经验，夏伯渝只能跟着别人的脚印走，等发现没有脚印了，往前一看无法下脚，抬头看去可见顶峰，但上面却是岩石绝壁；往下一看，"哎哟！"吓得夏伯渝转身就趴在岩石上。什么叫万丈深渊？乌云就在他的脚下，而且有无数的冰裂缝……

　　经过艰难的爬行，夏伯渝和队友们到达了8600米的突击营地，距离顶峰只差200多米，可是天有不测风云，他们遭遇到暴风雪的袭击。在营地被困两天三夜之后，已经没有食物，弹尽粮绝，只能无奈地决定下撤。当夏伯渝和3个藏族队友撤到7600米营地的时候，一名队友体力透支又丢失睡袋，看着队友无助的眼神，夏伯渝毫不犹豫地把自己的睡袋递给了队友，没有说话，只是用力抱了他一下，把力量和勇气传递给他。对登山队员来说，在平均气温-30℃的极度低温下，睡袋也是生命袋，让出睡袋，就是让出生的希望。

回到大本营，夏伯渝的登山靴已经脱不下来，医生剪开靴子，发现他的双脚已经变成黑色！在回京治疗的时候，夏伯渝才得知，他的父亲在他冲击顶峰的时候去世，同时医生告诉他：需要截肢。一夜之间，夏伯渝失去了父亲，又失去了双脚，一个国家登山队员变成了残疾人，但是他的睡袋保住了队友的生命，他不后悔！第一次冲击珠峰，夏伯渝对自己的评价是：赠人生命，脚有余香。

虽然第一次冲击珠峰失败，夏伯渝又失去了双脚，但无脚登珠峰成为他的梦想。他坚信，不论遇到什么困难，他一定要让五星红旗在珠峰高高飘扬！

一切运动的基础就是力量，夏伯渝在病床上就开始了恢复性训练，他把骨科牵引用的沙袋绑在腿上，躺着练举腿、蹬腿，同时配合俯卧撑和仰卧起坐。3年后，夏伯渝终于安上了假肢，尽管当时的假肢非常简陋，就是两根铁条带着一圈皮子，底下是个木板，走起路来嘎嘎响，但他可以站起来了，向自己的梦想迈出了第一步。

穿上假肢后，夏伯渝参加残疾人运动会，夺得了几十块奖牌，后来假肢从木头、玻璃钢到碳纤维、钛合金、硅胶套，越来越先进，夏伯渝见证了中国假肢事业的发展历程！

随着假肢的完善，夏伯渝挑战珠峰的决心也越来越坚定！夏伯渝每天凌晨5点钟起床开始身体力量训练，背上10公斤的沙袋练深蹲，引体向上、仰卧起坐、飞燕挺背、俯卧撑等，每周3次骑车20公里徒步登香山。大运动量的训练，夏伯渝的假肢把腿磨破了，因长期不愈合就发生了癌变并转移到淋巴上。夏伯渝并不怕死，但是挑战珠峰的梦想还没有实现，他绝不能倒下！生命不息，梦想不灭！住院期间，病房里住着6个癌症患者，每个床前都围着几个家属在哭哭啼啼，这极大地影响了夏伯渝的情绪，他索性就骑车回家住，第二天再骑车回医院化疗……20年过去，夏伯渝的癌症得到控制，一直没有复发，使他得到宝贵的时间去实现梦想。

2011年，夏伯渝在意大利获得世界首届残疾人攀岩锦标赛两项世界冠军以及不断冲击珠峰的历程，使他在2016年满怀信心第4次踏上了攀登珠峰的征程！在他们到达8750米，距离顶峰就差94米的时候，突然刮起了暴风雪，能见度不到1米，脚下的山梁只有20厘米宽，两侧就是万丈深渊。当时夏伯渝自认为体力尚可，"不管能不能下来，先上去再说"，这是夏伯渝当时唯一的想法！可一回头，他看到他的5个夏尔巴向导，他心头一紧，不敢和他们对视。他们都才20岁出头呀，夏伯渝不能因为个人的理想而罔顾他人的生命！他做出了这一生中最难的选择：下撤。选择下撤，也可能就是他终生的遗憾，毕竟，人生不是所有事情都可以重来！67岁，距离珠峰峰顶94米，夏伯渝再次错过登顶。安全返回大本营后得知，有6名登山者在这个高度遇难。这次登山回来后，夏伯渝得了血栓，医生告诫他，血栓就是高山上的寒冷和假肢挤压造成的，一旦复发，随时会威胁生命。

一直支持和鼓励夏伯渝登山的爱人也开始反对，说："才差90米，就等于登顶了。"可夏伯渝就不甘心。

对冰雪的征服，其实是对冰雪的痴爱。这份爱，无法放下。

2017年，夏伯渝做了很多针对登山的训练，比如走完戈壁、穿越腾格里沙漠、攀登玉珠峰。为了强化体能，夏伯渝干脆将运动量提升，由原来一周3次改为每天爬一趟香山。

只要有梦想，什么困难都可以克服，就连病魔都被这位火神爷的意志击败，在体检复查中发现，在夏伯渝的两处主血管堵塞的地方，居然在旁边都新生了一条小血管，小血管还和主血管汇合了。医生都很惊讶："这样的话，您还可以再战珠峰。"爱人给夏伯渝买了一个银色的小葫芦，里面放了一张字条，写了四个字：平安归来。这个小葫芦被夏伯渝时刻贴身戴着。

2018年5月8日凌晨3点，夏伯渝第5次向珠峰发起挑战。而此刻，经历这么多生死考验之后，他的心态已经出奇地平静，只是用微信发了四个字：我已出发。

这次攀登是难度最大的一次，一路都是暴风雪。从大本营出发那天，雷电交加，让人害怕，从来没有在珠峰遇到这么大的雷电，而且全程都是暴风雪。到7900米的突击营地，暴风雪越来越大，夏伯渝被迫在那里多待了一天。

5月14日，天气晴好，夏伯渝再次做好登顶的准备。山上到处都是冰雪掩盖下的冰裂缝，4—5米的裂缝需要靠梯子才能穿过。一刮风，梯子来回晃动，可假肢是没有感觉的，当夏伯渝的腰部能感觉到晃动时，已经很难控制平衡，他只能咬紧牙关一步一步爬过去。

2018年5月14日8点31分，夏伯渝终于让五星红旗飘扬在8848米的珠穆朗玛峰的最高处，用生命兑现了他对祖国的承诺：任何困难都打不垮我们中国人！

70岁老人夏伯渝对于冰雪的征服，其实是中国人对于冰雪的痴爱，当他站在珠峰顶上的那一刻，他和他浑身的血液，就是一团燃烧的火焰，一团中国颜色的火焰，永远在这个星球的冰雪最高点上，熊熊燃烧。

在这火焰的照耀下，无数的中国人，昂然前行。

盛萍部长在不定期举行的志愿者工作座谈会上，深情地说：

"志愿者是北京2022年冬奥会和冬残奥会的重要保障力量，更是一道亮丽的风景线。通过广泛的招募和严格的选拔，力争组建一支国际化、高水平、专业化的志愿者队伍，为成功举办一届精彩、非凡、卓越的奥运盛会提供强有力的人才支撑和服务保障。2008年志愿者的微笑成为北京最好的名片。希望2022年冬奥会的志愿者，除了用微笑，更要用志愿温度，服务冬奥、温暖世界，让奥林匹克精神点亮青年梦想，为举办一届'精彩、非凡、卓越'的奥运盛会贡献志愿者的重要力量。"

五

对接

争吵是执念与激情

掷地刘郎玉斗，

挂帆西子扁舟。

千古风流今在此，

万里功名莫放休。

……

——（宋）辛弃疾《破阵子·掷地刘郎

玉斗》

每个人的体内总有崇高的基因，不为名，不为利，唯一想要的，是体现自己存在于世、存在于人的价值。

正因为此，才使我这个年近五十的中年男人，一改从前的懒散模样，变成一个朝气蓬勃的"青年"。

青年则血气方刚。

青年则无畏无惧。

跟某个场馆对接时争吵的情形至今历历在目。

一位物业管理员听完我陈述志愿者对使用空间的需求后，满脸狐疑："你们志愿者不是背个包来场馆给观众指指方向，比赛结束就回去了吗？还要空间干什么？"

对接了那么多场馆，这是我第一次听到对志愿者工作如此肤浅的理解和认知。

我当即决定要好好给这位先生上一课，我说："先生，你这番话是你个人的理解，还是代表你们整个团队的想法？"他反问我："什么意思？"我表情严肃，语气坚定地告诉他："如果是你们团队的意思，这个对接会我们不开了，你们先回去好好查查历届冬奥会志愿者的作用，再好好看看北京冬奥会编制的《2022年北京冬奥会参赛服务保障工作计划》里关于志愿者工作的部分。看完了，想明白了，我们再对接。如果你们场馆不需要使用志愿者，请你们团队给我们志愿者部来一个正式公函，你们场馆的志愿者服务我们报组委会领导批准取消。"

对方团队里的一位女同志看我说得斩钉截铁，立即说："赵老师，这是他个人意见，不是团队意思哈。"我笑了笑，说："如果是个人意见，那么我来告诉你什么是志愿者工作和志愿者价值。我们到张家口和延庆的场馆去踏勘，山顶最高处的志愿者服务工位，白天最低温度在-26℃，脚下的雪沾在鞋帮上，几步之后，鞋帮就冻成一个硬冰壳，戴的口罩被呼出的气打湿，分分钟冻成冰壳，雾气附在眼镜的镜片上，结成冰膜，怎么擦都擦不掉。在这样的环境里，志愿者们最多可能要工作8个小时，为赛事提供各类服务，这些志愿者没有一分钱的报酬，我们给他们在场馆里提供一个空间，让他们换岗时避避寒，喝点热水，你觉得这个要求多余吗？过分吗？"

这位物业员连连道歉："不多余，不多余，是我把志愿者的工作理解得太肤浅、太简单了。我道歉，我道歉，我们一定全力保障，全力保障！"我起身上前与他握手，半开玩笑半认真地说："先生，这句话我可记在我会议记录本上了。"

要干成一件事，不干脆利索，不雷厉风行，不大刀阔斧，恐怕干起来就别别扭扭、束手束脚、裹足不前。

凡国之大事，需无私无欲，方能成行。

我的一位同事原来是北京某大学的团委副书记，精力十分旺盛，思维异常敏捷，满脑子都是工作。或许是他长期在学校里从事学生管理工作的缘故，他把我们都当成不谙世事的学生来对待，一切都要听他的，开会几乎不让我们表达自己的观点。而他本身又因为年轻，对工作尚未考虑成熟，因此在阐述自己的观点时跳跃性太大，一件事没说完又说第二件事，第三件事刚说个头又扯回到第一件事，常常把人绕晕，不知道他到底想要表达什么，听的人一头雾水，不知所云，工作无从下手。

刚来时我和这位同事完全不在一个节奏上。他把每天的工作安排得密不透风，我则坚持工作要掌握节奏，推进时要考虑轻重缓急，要有长计划短安排。于是乎，两人常常在办公室里吵得面红耳赤。我跟他争论过，其他同事也跟他争论过，到最后我们都不跟他争了，由他去吧，他说他的，我们做我们的。只要是为了把工作做好就行。

这位同事的工作作风，给其他处的同事也留下深刻的印象。最初的业务分工不太明确，有些业务边缘重叠，责任不明确，部领导让我们处室之间再重新明确责任，划清边界，以便于相互配合，推动工作。我和他去招募管理处办公室里区分工作职责，去了，坐下，三句话没说完，他从沙发上站起来，又三几句话没说完，他的声音就大了，情绪也激动了，只见他双眉倒竖，表情严厉，声厉内荏，冲着招募处的同志，话语连珠炮般射过去……他一激动，语言表达就失去了逻辑和层次，我不好打断他。招募处的同志也只是笑眯眯地听着，等他自己唾沫横飞，一通说完，二十分钟过去了。招募处的同志问我：“他说了些啥？”我打圆场：“他想跟您把工作责任再重新区分一下，这也是部领导的意思。”招募处的同志说：“那就一项工作一项工作梳理呗，说了那么多，我一句也没听明白，以为他下来要跟我吵架呢。”

这之前，我听说在经费问题上，这位同事跟宣传培训处的人也吵过。为一个文件的事儿，跟观众体验处的同事也差点干起来。

我跟这位同事最激烈的一次争吵却与工作无关。我到冬奥组委上班后，由于太忙，没有完成北京市委组织部规定的干部网上学习内容，网上学习每个干部在后台都建立有台账，学了多少课时，还差多少，考过了几门，还差几门，都一清二楚。原单位分管学习的同事打电话给我，让我赶紧完成，否则年终考核不能过关，而且影响单位集体成绩。我一看，只有一周时间2020年就结束了，再不学真就完不成任务了，于是我在电脑上打开网页，开始学习。没想到他不知什么时候来到我身后，看见我浏览网页，气得暴跳如雷，质问我："保障工作这么忙！你上班时间不搞工作，却浏览网页，你还想不想干了？不想干走人！"我赶紧给他解释，他余怒未消，根本不听我解释，继续嚷道："这个地方不是给你来养老的，想养老就别到这儿来！"

他不知道我是一个在部队带了20年兵的转业军人，部队多年养成的直脾气上来，天王老子也不怕！我的声音瞬间高了八度："我什么时候把这儿当养老的地方了？我一天跟各业务部门对接，忙得手脚朝天，你看不见吗？

工作上有问题你指出来，别故意找碴儿，好不好？"

他把桌子一拍："老子就找你碴儿，怎么啦？"

我把手里的笔记本往他办公桌上一摔："你给谁当老子？我是来跟你一起为冬奥会服务的，不是来受你气的！少给我摆官腔耍官威！你故意找碴儿，我走人行不行？"

吵争惊动了其他同事，他们赶紧把我俩拉开。

我余怒难消，立即找分管我们的副部长汇报，副部长约我一起到首钢园区里的秀池散步。

秀池的水清澈见底，能看见水边的红鱼悠闲游动，岸边还开放着许多荷花。微风吹过，水面上波光粼粼，园区里高高低低的建筑倒映在水里，如一幅精致的水彩画。

我们绕着那潭秀池的水，走了一圈又一圈，我表达我的委屈。副部长说："他年轻，你作为老同志，适当时候要把他往后拽一拽，不能由着他的性子横冲直撞！"

从秀池回来，副部长把我和这位同事叫到办公室里，各打五十大板！这位同事又多加五十板！副部长说："以后你俩再出现类似情况，都别在志愿者部干了！哪儿来回哪儿去！"

我们从副部长办公室出来，这位同事又约我去转秀池。

他说:"老赵,我真没想到你会去找部领导。"

我说:"你今天说的这些话,是对我的人身攻击,你知道吗?志愿者保障内容共十项,你一开始全部分给我,我一声不吭,什么话都没说就接手过来,志愿者使用空间每天上午下午都开会对接,家具白电的数据成千上万,OB5.0落图,每个场馆少则二三十张图,多则五六十张图,我得一张一张从图里去找志愿者空间的位置,你看不见吗?我的眼睛本来就有点散光老花,以前休息休息还能恢复回去,这次上千张图找下来,我这双眼睛的散光问题就再也没法恢复,你还这样说我,你太伤人了。如果你不能理解我当时的心情,你就这样设身处地地想,如果副部长也像你说我那样说你,你是什么心情?我不想在这儿干了,我回宣传部去。反正我也没有调过来,只是个短帮人员。"

这位同事说:"老哥,我在学校管学生久了,工作方法简单。你不能走啊,是部长把你调过来的,你得为部长负责啊。你这一回去,部长的面子往哪里放啊?"

这几句话,让我感觉他思路能够正常。我留下了。

为了让眼睛的问题不再恶化,我回宣传部办公室把我的一套眼睛治疗仪拿过来，放在办公桌上。空闲时，我用治疗仪把眼睛按摩按摩，缓解缓解。

这位同事又看不过去了，私下里对我说："你把这东西放在办公桌上，你看别人谁都没有放，你作为老同志，怎么带头作表率？"

我没有分辩，只是顺便从他旁边桌子上那一大堆的零食里拿了一块小点心。这位同事似乎意识到了什么，从此以后，再也不说我的眼睛治疗仪了。

吵归吵，工作归工作。这位同事跟我说他的家庭背景十分优越，他说他的家族企业是可以上市的。在优越的家庭条件下成长的孩子通常都比较任性，这一点在我这位同事的身上体现得十分鲜明。

这位同事跟人吵架最厉害的还不是跟部内同事吵，而是跟运动会服务部住宿处那场吵架。

北京、延庆、张家口三个赛区，志愿者的住宿是志愿者所有保障的基础，只有把住宿搞定之后，其他诸如交通、饮食、团建等等，才能开展规划。因此，志愿者住宿地是我们要解决的头等大事。

按照北京冬奥会的工作运行计划，解决赛会志愿者的住宿问题，由运动会服务部住宿处负主责，志愿者部只提供相关数据和需求。

　　延庆赛区志愿者住宿很快办妥，北京赛区原则上是住各自高校，也进展顺利，唯一定不下来的是张家口赛区，之前该赛区的志愿者住宿安排在张家口市的两所高校，但张家口市离崇礼赛区一百多公里。志愿者部经过现场踏勘测量，上班下班在路上至少需要九十分钟，志愿者上岗时间一般都提前3个小时到岗，如此测算下来，志愿者每天凌晨4点就得起床，休息时间太少，且冬天路面结冰，交通存在许多不可预知的安全隐患。因此，志愿者部要求张家口赛区的志愿者最好住在崇礼县城，或赛区里的宾馆。但是，赛区内和崇礼县城又安排不下这么多志愿者，意见一时难以统一。来来回回地对接，方方面面地沟通，不知经过了多少次。

　　忘了那一天的具体时间，运动会服务部住宿处的几位同志来志愿者部5筒2楼会议室开会对接，双方通报住宿进展情况，讨论下一步工作打算。轮到我们这位同事说话了，他说着说着，又激动了，双眉倒竖，表情严厉，声厉内荏，努力表达自己的想法，声音由高亢变成愤怒，一顿发飙，半个小时过去。

招募管理处的主管起身溜走，悄悄给我说："我还有正事要办。"住宿处的业务主管离开会场，不知去向，给我发来微信："他怎么啦？吃错药了吧？"

等这位同事不嚷了，会场突然安静得令人窒息，能听见大家的呼吸和空气的流动。我忙打圆场："志愿者住宿关系重大，大冬天，又正值春节，如果志愿者们住不好，这些年轻人很可能会在微信朋友圈里发牢骚，这么庞大的群体，我们担心会引发社会舆情。请大家理解我这位同事着急的原因。"我话音刚落，他怼了我一句："我没有着急！"

我有些尴尬，住宿处带队来开会的副处长冲着我笑了笑，满脸无奈。

其他人坐在座位上，一声不吭。

其实我能理解，我这位同事是个性情中人，他原本是替志愿者住宿的事着急，但在别人眼里，他露出这个表情跟人交流，使用这样的语气表达自己的想法，很容易让人误会，确实让人很难接受。

因为2楼的会议室外就是处室的工作平台，会议结束后，别的同事问我："他怎么啦？是不是最近遇到什么不顺心的事了，火气这么大？"我赶紧给对方解释："不是，他完全是因为志愿者的住宿问题不能有效推进，没有着落，心里着急。"

副部长交代过我，在适当的时候要把他拽一拽，不能由着他的性子横冲直撞。会议结束后，我劝这位同事："人家上门就是客，工作上的事，又无个人恩怨，何必用这种尖锐的姿态沟通呢？心平气和不是更好吗？我知道您是一心为工作，但这种工作方法很可能引起别人误会。"

他双目一瞪："这种事就得跟他们干！"

我无言。

我不知道这位同事是否接受了我的意见，但从此以后，他变化很大，不再像之前那么尖锐和任性。但我知道，他内心其实很着急，他跟别人的每一次争吵，都不是个人恩怨，完全都是为了推进工作。

时不我待，我们每一分钟都不能耽误，都耽误不起。

工作繁忙，必然要加班，这位同事担心大家晚上挨饿，他自费购买各种食物放在公用的柜面上，供6层加班的人员享用。于是，各种口味的方便面，各种规格的巧克力，各种味道的点心，各式各样的水果，在6层走廊的柜面上从未断货。

我在想，一个优秀干部的成长，可能就是像这位同事一样，在工作实践中，在同事们的相互提醒和规劝中，渐渐锻炼成具有胸怀宽阔、稳重端庄、坚毅果敢、勇挑重任的品质的人。

因为工作而争吵，在各行各业里都不少见。同一件事，处理的思路和办法不同，难免发生争吵，但这种争吵，恰恰体现了争吵者的责任意识和敬业精神，对工作积极进取的态度。

在交通部组织的一次业务工作会上，各部门提出各自业务领域的交通需求，轮到体育部发言。代表体育部参会的是一位女同志。一看她那身板就知是运动员出身，后来私下打听，她果然是国家二级田径运动员。这位女同志一口气提出了体育部的诸多交通需求，合理的、不合理的。别的业务领域的人听不明白，交通部自然也提出质疑。没想到这位女同志当场就急了，生生来了一句："你们这个说法，传出去都是一个笑话！"此言一出，语惊四座。我心想："这是一个狠角色！"

交通部的同志赶紧安慰她："别急别急，无论如何也不能让它成为笑话。"

别说普通干部，领导有时候也急。

测试赛结束后的总结会上，有几个场馆在复盘总结时，对防疫工作只进行简单的只言片语的总结，北京冬奥组委的分管领导现场就打断了他们的话，表情严肃，语气坚定，容不得任何质疑地说："以后所有的工作，都必须把疫情防控工作置前考虑，作为重中之重考虑！"

总结会结束后，很多与会者都私下里说：领导都急了，可见事关重大。

急是执念，是工作态度。

因为各业务领域采购资金巨大，冬奥组委对物资采购做出了非常详细的规范。这些规定包括物品的选择、供货商的遴选、特许商品采购程序、物流采购程序、采购依据等等，这些规范短时间内不是一个人就能掌握清楚的，怎么办？那就由各业务部门分别把关，共同审核。

首先，我要拿出采购品类，买什么不买什么，绝对不是我独自一人趴在办公桌上想出来的。

为确保采购物资品类的科学性、合理性，以及采购程序的合法性，志愿者部与市场开发部、运动会服务部、物流部等委内相关业务部门及食品专家和志愿者经理代表多次召开专题研讨会，经过集体研究，拟选采购内容。

食品有：坚果、面包、饼干、鸡（牛）肉肠、热饮、方便面、巧克力、牛奶、酸奶。以上所选食品必须具备安全环保、好运输、好保存、易打开、高热量、大众化产品等条件。食品均由北京2022年冬奥会和冬残奥会赞助及特许企业提供。

保暖品有：保温杯、暖贴、保暖鞋垫。保温杯和暖贴执行特许商品采购，单价均低于市场最低价。保暖鞋垫执行采购程序。

测算依据是，赛会志愿者最新人员计划数，按照《北京2022年冬奥会和冬残奥会业务领域运行计划》中规定，志愿者的工作日以第7版各场馆开馆（开赛）日前7天至闭馆（闭赛）日后3天计算。各项保障物资的数量及采购经费均以此为基数进行计算。

供货商遴选过程为：志愿者部与市场开发部、运动会服务部、物流部等部门多次沟通，确保供货商家的遴选过程公开、公正、透明，既符合志愿者实际需求，又符合冬奥组委物资采购的相关政策。

相关物资根据各场馆和志愿者驻地的实际需求，按比例配送，由各场馆志愿者经理和各驻地住宿经理负责管理，指派专人接收、专人保管、专人发放。

物资经费，拟从志愿者部"志愿者—志愿者保障—赛会志愿者赛时保障"科目列支。

以上工作完成后，我写成征求意见稿，向市场开发部、人力资源部、财务部、运动会服务部、物流部、场馆管理部六部门发函征求意见。

各部门根据自身业务立即开展研究，提出建议。

财务部首先对这笔经费展开论证，向志愿者部提出为什么要用这笔经费采购这些物品。

我们全处同志查文件，找资料，对政策。

根据我与运动会服务部餐饮处沟通，在为赛会志愿者设计餐饮时，没有考虑到应急餐饮的保障，参照往届大赛志愿者服务经验，志愿者岗多点散，普遍存在不能及时就餐和餐量不够等问题。借鉴平昌冬奥会、东京奥运会及其他大型赛事经验，都在有利于志愿者应急就餐的地点提供免费饮料和食品。

从文件依据上，我重新查找，在《北京2022年冬奥会和冬残奥会业务领域运行计划》（第二版，上，第483页）中，"志愿者面临的主要运行困难"第四项"对志愿者生活保障不足"的"应对措施"是："提前规划，完善设计，尽早对接，做好志愿者住宿、交通、餐饮、制服等保障工作。"明确了志愿者部餐饮保障的职责，这就为我们采购物品提供了政策依据。

北京2022年冬奥会"两地三赛区"气候寒冷，志愿者户外服务时间长、青年人体能消耗快，尤其是延庆和张家口赛区志愿者服务大部分在山上，就餐条件受时间、路线所限，应急餐饮显得尤为突出。

在志愿者部的前期预算中，设置了"赛会志愿者赛时保障"科目，经费使用范围明确"为志愿者采购保暖用品，包含但不限于充电宝、耳罩、暖宝、巧克力、饼干、姜汤……"

志愿者部于2021年3月11日和6月3日，分别在冬奥总部和张家口场馆现场两次召开补充餐包研讨会，参会人员包括市场开发部、运动会服务部等部门业务主管和餐饮专家、学生代表、志愿者经理代表，均同意为赛会志愿者采购补充食品及保暖物品，补充食品作为应急餐饮，为志愿者提供体能补充，防止志愿者在服务过程中因体能不足而无法上岗。

相关业务部门纷纷从各自业务权限出发，对采购方案提出修改，市场开发部对采购物资的权益方作出了详细区分；人力资源部对赛时志愿者人数进行了核对修改；财务部对资金使用政策进行了详细论证；运动会服务部对餐饮品类给出了科学建议；物流部对采购方式和渠道作出了具体划分；场馆管理部对物资的管理属性提了意见建议。

最让我感动和难忘的，是场馆部的场馆运行高级专家黄坚毅老师。他担心书面回复未能充分表述他的意见，打电话给我："老赵，品种千万不要太多，以我从前参加场馆团队运行的经验，品类越多，后面的问题也就越多。冬天天气寒冷，再加上春节这个大氛围，志愿者都是年轻人，一高兴，吃出毛病，很容易产生舆情。物品包装一定要紧凑实密，适合志愿者随身携带，包装体积太大，没有空间存放。方便面一类的就别要了，占地不说，汤汤水水的还会产生很多餐后垃圾，增加场馆运行负担。还有，食品为什么要放在志愿者住宿地呢？志愿者在住宿地是处于休息状态，一日三餐免费不限量供应，所以不存在补充能量啊！因此食品最好是放在场馆的志愿者储物间。这些意见供你参考。"

我放下电话后，被深深地感动，这是一个业务专家的责任感和使命感，他让我明白，任何一个单位，任何一件事情，有这样的人参与，就会少去很多隐患，少走很多弯路。

这样的单位，人心协同，怎么能不兴盛？

这样的事业，齐心协力，怎么能不成功？

所有部门的意见反馈回来后，我综合各方意见，起件上报，请我们处的"主管同事"审核。

主管同事看都不看我的件，直接说："老赵，你跟财务王磊，在学校管后勤的赵晶，你们三个仔细商量，根据这些反馈意见，拿出最终采购物品的方案。"

我立即组织王磊和赵晶，在会议室里封闭了一个上午，逐条对照反馈意见，形成方案。

结果，这个方案报给主管同事，他依然看都不看，一口否定，他说："这些物品没有一样令我满意，没有一样符合我的要求，重新搞。老赵，你要重新组织企业，重新遴选物品。"

我欲解释,他不让我开口,他说:"这些品类,我这儿都通不过,怎么能报到部领导面前?"

我是具体承办人,组会、研讨、报批、征求各部门意见……我深知这个过程需要多长时间。但是,还有一个半月,测试赛就要开始,我已经确定被分配到张家口赛区去工作。说不定哪天就通知我下场馆了。各部所有的筹备工作,都是为场馆比赛而设的,一声令下,我必须去场馆。哪里还有时间扯皮?

通过一年的共事,我基本了解这位主管同事的性格,此时此刻,他又犯了任性的毛病。他的思维是点状的,不是线状连接,因此他总是把事件孤立对待。有时候我开玩笑说他工作思路不清,缺少长计划短安排,想起一出是一出,也不管前因后果。他对采购物品一口否定的态度,一定是忘了这些物品都是两次上过志愿者部部务会审核通过了的,两次部务会都是分管副部长提议,他在会上对这些物品都要做出具体而详细的说明。

他一口否定,在否定谁呢?

我记得一个退休的老领导曾说过一句话:年轻干部

该经历的，必须要经历，否则就成长不起来。

但是，我已经不年轻了，我五十岁了，眼睛盯着电脑屏幕十分钟就花了，腰也不能久坐，坐久了痛得站不起来。

我怕耽误冬奥工作，这个责任我承担不起。

我萌生了辞职的念头。我对这位主管同事说："兄弟，重新再来，时间太紧，我能力有限，年龄也大了，我怕耽误事儿。你另选能干的人吧，我干不了啦。"

说这话时，我内心极其痛苦，我是一个具有30年党龄的老党员，在部队时，我参加过抗洪抢险，参加过汶川地震救灾……无论多么辛苦劳累，我从来都没有退缩过，哪怕是有性命危险，我也是身先士卒，一往无前。

可是现在，面对这位同事，我无能为力。

我给部领导发了一条长长的短信：

部领导：

　　有个事向您汇报一下，可能也是我有什么环节做得不对，请部领导批评。

　　关于赛会志愿者赛时补充保障物资采购事宜，我作为具体承办人，在物品选取过程中，严格按照委内物品采购相关规定，按照处长的具体指导要求，组织开展，向前推进。

为确保采购物品的科学性、合理性，以及采购程序的合法性，我邀请相关专家、委内业务部门、冬奥会志愿者申请人代表、志愿者经理代表等，反复研究，集体讨论，形成初稿，并提交部务会审议通过。同时，采购品种报市场开发部、人力资源部、财务部、运动会服务部、物流部、场馆管理部六部门征求意见。意见回来后，处长让我和另外两位同事结合各部门反馈意见，进行认真梳理汇总，拿出最终方案。我和另外两位同事逐一对照反馈意见，反复讨论，拿出了我们认为合理合据的方案，结果这个方案被处长一口否决，说这几个品类没有一样符合他的要求，让我重新组织企业，重新挑选品种。

部领导，我能力有限，再加上前期对接志愿者使用空间时，数据图片太多，在电脑上找这些图片时眼睛严重受损，已不能长时间在电脑前工作，且腰伤一直困扰着我。冬奥筹备时间越来越紧，我怕耽误工作，但又不知道我错在哪里。

我萌生了辞职的念头，请部领导批准我。

部领导回我：我在外开会，下午我找你谈。

部领导处理完公务，把我叫到办公室，问清详细经过。对我说，别耍小孩子脾气，把该干的工作干好，别影响工作大局。

我是一个有30年党龄的老党员，共产党员最基本的品质就是面对困难不退缩。

我向部领导表示，坚决完成好领导交给我的其他任务。

赛会志愿者保障物资的采购，是我人生中经历的最大一次部门配合。它让我对"中国社会制度的优势就是能集中力量办大事"有了一次切身的体会。

人类面对生存问题，解决的办法有很多种，有的单打独斗，有的团结协作，最后的结果不言而喻。

六

选将

青年方阵的"家"与"国"

曾几何时，我们对中国年轻一代的家国情怀产生过质疑。原因是，计划生育后出生的这一批年轻人，正好赶上中国全面改革开放，受西方思潮的冲击，他们的人生观和价值观在父辈的眼里，早已变了模样。因为是独生子，父母、爷爷奶奶、姥爷姥姥，六个老人疼一个孩子，有人说，在这样的环境里长大的孩子，自私自利，缺乏团结协作精神，没有牺牲奉献精神，更没有家国情怀。

事实上，当我们走进这群年轻人中间，与他们朝夕相处耳鬓厮磨，对他们有一个深入全面的了解和认知后才发现，中国的年轻一代，比我们想象的更加优秀，更具有团结协作、牺牲奉献精神，更具有崇高的家国情怀。

北京冬奥会一共涉及30多个场馆或中心，其中还包括竞赛场馆和非竞赛场馆。每个场馆根据自身的岗位需求，提出不同数量的志愿者服务人数。多达上千人，少则近百人。

这些志愿者大多是二三十岁的青年，他们年轻力壮，思想超前，思维敏捷，敢作敢为。如何对他们实施有效管理？或者说，让他们心悦诚服地接受管理？根据以往的赛时经验，最好的做法是，给每个场馆配设一名志愿者经理，实施全权管理。

结合北京冬奥会的特点和实际情况，志愿者部对志愿者经理的职责作了明文规定：

负责所在场馆志愿者的招募、培训、签到、工作调派、考核、激励、监督等人员管理；

负责安排完成所在场馆志愿者各环节专项

工作；

　负责所在场馆志愿者后勤保障工作落实；

　负责所在场馆志愿者工作简报；

　负责所在场馆志愿者团建；

　负责所在场馆志愿者赛后评定；

　负责所在场馆志愿者工作赛后总结；

　……

从这些规定的文字里可以看出，一个场馆的志愿服务工作能否做好，做出效果，达到目标，完成理想，志愿者经理是关键。赛时，这些经理全都将奋战在赛场最前线，志愿者各岗位站点、运行细节，全部靠他们坐镇指挥，调度分配。

我们私下里把这些经理叫"纵队司令"。

任炜说："志愿者经理选好了，志愿者工作就成功了一大半！"

那么，"选将"就成为志愿者工作的"重中之重"，成为关键环节。

关键环节的工作，任炜从来都是亲自上手。每个场馆的志愿者经理，他一个一个过，一个一个审，一个一个出题面试。

从2020年6月至2021年3月，任炜带着招募管理处全班人马，马不停蹄，与北京大学、清华大学、北京师范大学等十多所高校或相关单位逐一研究讨论，去"相亲"，去"挖人"。

最终，一份各场馆志愿者经理的名单出炉：张舒、陈大鹏、郭锴、李习文、丁莉婷、李广玉、黄振翔、邓昕、沈正波、苏筱、刘伟、李品、伊然、杨海林、孙乐、王磊、闫慧凝、刘霁炜、赵丹、郑乐、王安琪、刘蓓蓓、罗树成、商万军、产佳、顾昕……

一个场馆对应一名志愿者经理，管理着各自场馆的"千军万马"。这些巾帼与虎将们，组成北京冬奥会赛时志愿服务的"筋骨"。

奥运即国运

丁莉婷的个人简介是这样写的："中国人民大学继续教育学院副院长，首都体育馆场馆群志愿者经理。留校工作后多年从事团学工作，曾获'首都先锋杯优秀基层团干部''北京市优秀辅导员''北京市优秀共青团干部'等荣誉，北京高校思想政治工作研究中心首批青年研究员。著有个人作品集《青青之痕》等，2008年曾作为志愿者服务北京奥运会。"

对于自己的奥运志愿情缘，丁莉婷写下14个字：双奥之梦的实现，志愿之情的续写。

人生是一场充满惊喜的旅行，永远不知道下一个路口会遇到怎样的景色；人生又仿若一个神奇的许愿瓶，当我们一直心心念念地执着于某个念头时，也许它就会在下一个路口等你。丁莉婷的奥运志愿情缘就是这样一种充满着惊喜与神奇的、满载着期待与梦想的生命体验与成长记忆。奥运，于她而言，不仅是一项比赛，一种精神，更是一种成长记忆。

2001年7月13日，北京申奥成功，15岁的丁莉婷在电视机前激动地抱住妈妈，无比兴奋，郑重其事地告诉妈妈："我要到北京读大学，2008年，我要当奥运会志愿者！"

从那以后，这个心愿就像一颗小小的种子，在心底扎根、发芽、迅速生长。也正是因为怀揣着这个梦想，高考报志愿时丁莉婷所有的志愿高校都在北京，没有任何犹豫。

2005年，莉婷如愿考到了北京，来到了中国人民大学。

盼望着，盼望着，"08"奥运的脚步一天天走近。在学校招募选拔志愿者时，丁莉婷毫不犹豫地报了名，经过几轮选拔，如愿获得了参与最终选拔的资格。兴奋之余，丁莉婷也面临着无比的纠结与困惑——那个暑假，她有一个参与的课题要结项，一本自己的书稿要交稿，能否协调好时间全身心地投入奥运志愿者工作？她陷入深深的困惑。

多年以后，面对采访，丁莉婷说："清晰地记得，最后一轮面试前的几天，我每天都在因此而苦恼——一边是自己早已承诺的任务，一边是伴随自己多年的梦想，我哪个都不想辜负，但又担心因精力有限而两个都辜负。我给爸爸打了个电话，爸爸听了我的困惑，问我：'有没有可能以另外一种方式参与奥运？'爸爸一句话，顿时提醒了我，我当时就给学院负责奥运志愿者的老师打了电话，说明了我的情况并向老师求助，老师当即建议我可以做一名城市志愿者，尽量把我推荐到较之赛会志愿者整体工作时间稍短一些的服务岗位，但要接受从始至终无法进入场馆的现实和每天高温烈日下的户外工作环境。我毫不犹豫地答应了，因为对我来说，能不能进入场馆并不重要，炎炎烈日的灼晒也不是困难，重要的是我可以参与到奥运中，可以让心中那曾经的梦想开花结果！"

就这样，丁莉婷成为一名奥运会城市志愿者。作为服务站点的负责人，白天身着那身永远难忘的蓝色志愿服装，在烈日下和小伙伴们一起在城市服务点提供信息咨询、语言翻译、应急救助等服务，晚上回到学校熬夜赶制结项报告和书稿，有时甚至通宵达旦。由于这个岗位的工作时间跨度比赛会志愿者短一些，所以她有了更多的时间去兑现自己其他的任务承诺。就这样，那段辛苦又充实、被晒黑了"八个度"心里却美翻天的日子，成为丁莉婷大学期间最美好的回忆。因为，那个夏天，她实现了15岁时深植心底的梦想；那个夏天，她与奥运结下了一生难解之缘；那个夏天，她对奥运有了更多更深的理解；那个夏天，她以自己的努力兑现了自己立下的各种小诺言；那个夏天，她用文字记录了自己的成长记忆，出版了第一本个人文集……

丁莉婷说："成为奥运志愿者的兴奋与喜悦至今历历在心，尽管我从始至终没进过比赛场馆，但我在自己的岗位上为奥运尽了心、拼了力、发了光，我觉得自己很幸福！"

从那以后，每每经过鸟巢和水立方，丁莉婷心中都会涌起一种莫名的骄傲和感动，脑海中会瞬间闪现出当年那个穿着志愿者服装的自己。然而，心中也偶尔会涌起一丝憧憬，甚至曾异想天开地想过，有没有可能再去赛场中当一回奥运志愿者呢？有没有可能再参与一次奥运呢？虽然这个念头不止一次地在她脑海中闪耀跳跃，但已年过30，工作非常繁忙，又在攻读博士，完全不敢多想。

但是，这个关于"双奥"的梦想，始终深深地埋在丁莉婷的心底。

2020年底，当丁莉婷得知自己有机会参与到冬奥会志愿者工作中的时候，她激动得难以平静。她兴奋得问身边的同事："难道这就是'念念不忘，必有回响'吗？"

在志愿者经理座谈会上，丁莉婷说："我相信这是上苍对我的眷顾——让我生在一个强大的国家，赶上一个繁盛的时代，工作于我深爱的母校，有幸见证参与两次奥运的精彩！"

丁莉婷怀揣着难以抑制的兴奋和唯恐有负使命的不安，开始了她的冬奥之旅。对于这份冬奥缘分，莉婷格外珍惜、倍加感恩，因为这不唯是一份关于双奥梦想的实现，更是她志愿情缘的续写！2008年，她是一名北京奥运会志愿者；2022年，她是一名北京冬奥会志愿者经理——时隔14年，她身上的标签有了诸多变化，可始终没变的是她与奥运的情缘，她仍是奥运志愿者队伍的一员，仍在以自己的努力为奥运服务，她心中的那团奥运志愿之火仍赋予她无穷的力量！

因为奥运，丁莉婷来到了北京，见证并参与了2008年北京夏奥会；因为喜欢，她留在了北京，见证了她成为第一个"双奥城市"；因为缘分，她有幸参与到了2022年北京冬奥会的筹办中；因为热爱，她将不遗余力地把自己的光热献给北京冬奥会；因为责任，她将尽己所能地守护照顾好她身边每一个可爱的志愿者！

任何一项大型赛事的举办都绝非易事，尤其是像冬奥会这样的大型国际赛事，每一个深度参与其中者，都会更懂得背后的不易。

　　丁莉婷虽然做好了心理准备，但她也坦言，这份工作比她想象的更具挑战性。新的工作内容、新的工作环境、新的工作对象、新的工作模式、新的工作节奏……太多的新知识需要学习，数不清的新技能需要强化，诸多的新领域需要探索……起初的一段时间，自己似乎变成了"小学生"，常常被深深的"知识匮乏感"所笼罩，被忐忑的"经验不足感"所包围，每天都在迫不及待的学习与随之而来的焦虑感中度过。那段时间，仿佛回到了备战高考的岁月。丁莉婷在自己的电脑屏幕上打上了"一刻也不能停，一步也不能错，一天也误不起"三句话，不断提醒自己。本以为，随着逐渐熟悉和慢慢适应，这种状态会有所缓解，但越是随着筹办进程的推进，丁莉婷越发现这三句话的重要性与正确性，每一个筹办人员都必须且只能越来越紧迫、越来越投入、越来越拼搏！作为无数参与冬奥筹办人员中的普通一员，必须努力以自己的方式在工作岗位上不忘初心地拼搏。

国门第一笑

杨海林，中央财经大学教师，2008年北京奥运会的志愿者先进个人，也是2022年北京冬奥会首都国际机场志愿者团队的经理。

对于参与2008年奥运会志愿服务经历，杨海林说："那段时间，我其实有一个非常直观的身体的变化。原先我是练篮球的体育生，当时在2008年奥运会志愿服务开始的时候，我体重大概是220多斤，而当北京残奥会结束的时候，我的体重是180斤，我在这期间瘦了40多斤。"

当时，还是北京师范大学学生的杨海林，在奥运会期间负责协调该校赛会志愿者和部分京外、境外志愿者的交通保障工作。在当时那些志愿者的眼中，杨海林是他们值得信赖的大哥哥，也是一位严肃又充满温情的兄长。回忆起那段经历，杨海林说："自己的收获也不仅仅是减掉40斤体重，他们那几个月都在校园里，衣食住行、情感问题等各种问题出现的时候，我们就要负责解决，又当爹又当妈，那期间看书、研究、找别人去请教，这个过程对我来说，不光是体重的减轻和严格自律，更多的是我处理各方面情况能力的提升。"

在疫情防控常态化的背景下，首都国际机场的志愿者团队们面临着不小的挑战。杨海林说："我的团队已经制定了相应的应急预案，并且我和全体上岗志愿者们都已经全员接种了新冠疫苗。"在实地踏勘和筹备过程中，杨海林对于志愿者经理这一角色的定位也有了全新的认识："志愿者经理的工作并不是管理志愿者，而是要服务志愿者。志愿者的工作是服务运动员和整个赛事，而我们作为管理团队，主要的职责是服务志愿者，比如说他们的排班、团建等。这次北京冬奥会，我们有自己的志愿者之家，这个也是我们更多地去考虑和充分利用的地方。"

2008北京奥运的经历让杨海林收获了北京奥运会、残奥会志愿者先进个人的称号。转眼进入到北京冬奥会筹办周期，杨海林已经成为中央财经大学的一名教师，并担任冬奥会北京首都国际机场志愿者经理，负责包括中央财经大学在内五所高校的志愿者服务工作。这是一个全新的岗位。杨海林说："我们团队简单说来就是一个抵离服务，就是接送机，接运动员们来，平安地送他们走，实际上是辅助机场各业务领域的一些工作职能。我们叫'国门第一笑，把微笑带回家'。"

主物流中心"最美名片"

在冬奥主物流中心志愿者经理办公室里，闫慧凝用诗的格式在墙上贴了这样几句话：

用微笑表达情感

用微笑传递友谊

用微笑传播文明

用微笑传播和谐

志愿者的微笑

就是最美的名片

闫慧凝出任场馆运行团队志愿者经理后，放下北京物资学院团委副书记的工作，全力以赴投身冬奥。她说："希望2022年北京冬奥会志愿者能像2008年北京奥运会一样，再次给奥运盛会带来最美丽的微笑。"

主物流中心分配的志愿者是通用志愿者，但相对于其他的竞赛或非竞赛场馆，对志愿者关于物流方面或者是英语方面的要求会更加专业。需要了解并针对主物流中心的需求和运营模式去匹配综合素质符合的志愿者。

考虑到物流方面的专业对口性，主物流中心的志愿者主责高校和唯一来源高校是北京物资学院。虽然主物流中心需要的志愿者数量相对较少，但是麻雀虽小，五脏俱全，志愿者招募过程中各个程序都要优中选优。

分配到主物流中心的志愿者，除了开展通用的培训之外，还需要开展专业类的培训。志愿者能更早地掌握所在岗位上所需的专业知识，就能更好地为主物流中心提供志愿服务。

因为志愿者是非受薪人员，所以需要有一个保障和激励制度。保障和激励工作的开展，可以保证志愿者在服务期间有一个高度饱满的热情和积极性去参与到志愿服务中，是志愿工作开展中非常关键的部分。

主物流中心已经进行了初步的志愿者招募面试工作，后续需要等待奥组委志愿者部的通知，进行下一步工作。闫慧凝正在为即将开展的培训工作做筹备，包括通用培训、英语培训、冬奥知识的培训和志愿者知识的培训。

闫慧凝告诉记者："我在学校从事的是学生工作，到主物流中心后，从事志愿者工作，接触的也是学生，所以工作还算有关联。但是工作环境和工作性质完全不同，现在的角色转变对我来说，是一个挑战，但是我很享受这个挑战，也乐于迎接这份挑战，可以使自己的个人能力有所提高，个人经历有所丰富。无论从周围的同事身上还是从这份工作本身，都可以学到很多，从而使个人得到成长。"

志愿服务有自愿性、无偿性、公益性、组织性的特点。志愿者参与志愿服务是出自本身意愿，而非出于外界强迫或压力；志愿者本身不以获取报酬或营利为目的，利用自己的时间、能力和财富贡献公益服务；志愿服务是符合社会公共利益要求、符合公序良俗原则和志愿服务道德伦理的；志愿服务的组织化是现代志愿服务发展的一个显著特点。

志愿者精神是"奉献、友爱、互助、进步"。志愿者是奥运会筹办团队中不可或缺的部分，全世界都会记住你的微笑和服务。成为北京冬奥会赛会志愿者，将是一件值得一生铭记的事情。

　　冬季运动不同于夏季运动，工作环境相对寒冷，在志愿过程中可能会面临很多突发问题，需要志愿者发扬"奉献、友爱、互助、进步"的志愿精神，在主物流中心志愿者团队的带领下，协力为冬奥会添加一道亮丽的风景线。

让服务更有情怀

　　商万军，1970年9月出生，汉族，中共党员，现任河北北方学院公共体育部党总支副书记，北京2022年冬奥会张家口赛区古杨树场馆群志愿者副经理、国家跳台滑雪中心志愿者经理、古杨树场馆群临时团委委员。曾担任河北北方学院团委书记，对于志愿者和志愿服务，他有着特殊的情怀，多次组织和参与大学生社会实践"三下乡"志愿服务、张家口市"创城"志愿服务活动、迎冬奥志愿服务，探索"服务学生成长成才、服务地方经济社会发展"志愿"双服务"大学生素质教育，取得良好社会效益。他对于服务冬奥有着坚定而执着的梦想：一生一次，一次一生，服务冬奥，使命担当。

一苇以航心所向。

国家大事，使命光荣。2020年10月，商万军被学校推荐选派参与北京2022年冬奥会志愿者工作。当学校领导找他谈话时，他当即表态："冬奥盛会，国家大事。有学校的支持，我一定竭尽全力做好自己的工作，不辜负组织对我的信任。"

2020年11月18日，秋雨连绵，这是一个令商万军终生难忘的日子，这天他通过了北京冬奥组委志愿者部组织的场馆志愿者经理面试，成为国家跳台滑雪中心志愿者经理候选人，从此也成为一名可以让他骄傲一生的真正的冬奥人。他十分珍惜这次来之不易的报效国家的机会。谈起服务冬奥，他经常跟战友们说："一生一次，一次一生，使命担当，无怨无悔。"

为了尽快进入角色，商万军认真学习领会习近平主席关于冬奥系列重要讲话精神，每天坚持打卡"学习强国"，通过知网搜集整理冬奥会和志愿服务有关资料。只要有空，就学一点，多学一点，再学一点，不断努力提升业务素质和能力。

2021年1月19日上午，商万军正在驻地编写测试活动运行计划，当听到习近平主席正在考察冬奥会张家口赛区时，他服务好冬奥的信心更足了、决心更大了。

征途漫漫，蓄力出发。适逢建党百年，2021年5月，在河北团省委集中办公期间，商万军作为古杨树场馆群临时团委宣传委员，在团委书记刘徽的带领下，经常组织同志们集体学习党史、共同研究工作，使学党史成为工作常态。他们组织集中办公的战友们一起到西柏坡开展"我们再出发"学习党史活动，聆听《西柏坡的历史启示》，观看纪录片《西柏坡——新中国从这里走来》，重温"两个务必"，重温入党誓词，汲取精神的力量。5月份的一天，他和兼职古杨树场馆群志愿者经理刘徽，参加河北北方学院志愿者座谈会，参观了河北北方学院校史馆，当看到学校迎冬奥专题版块时，他们深深地感受到，作为冬奥会场馆志愿者经理，一定要坚持落实办奥理念，服务冬奥，报效国家，在冬奥赶考路上再出发。

2021年2月4日，冬奥会倒计时一周年，凌晨零点，他跟战友们冒着-30℃以下的严寒，在倒计时牌前集体宣誓，在冰冷刺骨的雪地上用手指写下"2022，北京冬奥会，我们来了"几个大字，脸颊冻红了，手指冻疼了，他们为冬奥服务的情怀更深、更浓、更厚了。

弘扬精神，责无旁贷。在测试活动期间，商万军用真心、热心、公心，锻造一支召之即来、来之能战、战之能胜的志愿者团队，58名师生志愿者，58颗热血沸腾的心，凝聚在为冬奥服务、为国家大事服务的旗帜下。在测试活动报告会、三校对接会、储备志愿者交流营报告会上，除了谈经验、讲做法、摆问题，他总结最多的是让人感动的志愿者故事、令人振奋的志愿者精神。谈起战友们的故事，他如数家珍。不畏严寒工作在海拔1749米平台的女博士洋洋，履职尽责宣传他人默默奉献的宣传员小冀，热情周到照顾他人的志愿者主管虹虹，宁可不吃饭也要先完成工作任务的团队助理美娟，连续值岗3个小时的赛事服务经理墨墨……"战友"两个字，是力量，是担当，是感动，是奋斗，是胜利。

在张家口市政协推进志愿者队伍建设协商监督座谈会议上，商万军代表学校回顾了参与学校冬奥志愿者储备工作历程，生动讲述了全校师生服务冬奥的激情和热情，汇报了志愿者参加演练活动和测试活动的情况，全面阐述了学校社会主义核心价值观教育的成果，受到了张家口市政协领导的称赞。

战友情怀，凝聚力量。2021年2月15日，参加测试活动的志愿者在驻地河北北方学院集结。商万军和志愿者经理们冒着大雪从场馆驻地驱车往返150公里，到志愿者驻地为志愿者发放制服，参加志愿者动员大会。当他看到志愿者们身着统一制服、斗志昂扬的精神面貌后，欣慰地笑了。参加完活动，连夜赶回场馆，已经是第二天凌晨。为了让志愿者之家更温馨、更温暖、更有家的氛围，他亲自主持设计志愿者之家建设方案，提出"体现冬奥元素、展现中国文化、弘扬志愿精神、具有国际视野、突出大家温暖"的志愿者之家建设理念，微笑脸、心愿墙、星级榜，成为激励志愿者工作热情、展现志愿服务精神、弘扬中国优秀传统文化的主阵地。

为了营造春节氛围，商万军主动联系年近八旬的乔老人，为志愿者驻地书写春联，一字一句饱含着深厚冬奥情怀和美好节日祝福。他制定志愿者每日到岗迎送制度，每天坚持第一个到岗、最后一个离岗，从早晨6点半到场馆迎接首班到岗志愿者，到晚上11点多送走末班志愿者才离馆。他说："志愿者是我们的战友，战友就应该始终战斗在一起。"在测试活动场馆总结会上，场馆主任王波同志动情地说："志愿者团队，朝来暮归，无私奉献，是一支特别能战斗的队伍。"他觉得，这是对志愿者团队最美的称赞。

心怀感动，身先士卒。测试活动期间，商万军跟赛事服务经理韩墨，冒着寒风，亲自踏勘观众流线，一起在运动员通道值岗；他与志愿者管理团队成员，通过室外铁梯，攀爬上海拔1749米的裁判塔平台，看望值班的志愿者；他与其他战友一起开车送生病战友到医院并联系医院买药；志愿者身体不舒服，他都要通过电话、微信表达团队的慰问，给志愿者送去关怀；他经常利用就餐休息时间，跟志愿者聊天，询问他们的生活工作情况，鼓励他们坚守初心；他组织志愿者们一起为过生日的战友举办简单而又温馨的生日会，室外天寒地冻，室内暖意融融。测试活动春节放假，大年初二，他舍弃与家人的团聚，带着瓜子、点心等食品，天还不亮从市里赶回驻地与战友们团聚。商万军说："战友们因为工作，春节不能回家，如果我不跟他们在一起，感觉对不起一起战斗的兄弟们。"测试活动总结会上，每一位志愿者讲述着属于他们的精彩故事，听到志愿者们团结互助、克服困难、无私奉献的感人事迹后，他转过身去，不让他们看到被感动的泪水。此时此刻，朝来暮归，披星戴月，志愿者们的高大形象一幕一幕地出现在他的眼前。

主动作为，打造团队。为了做好人岗适配，测试活动期间，他走访各业务领域，发放《业务领域对志愿者评价表》《志愿者对管理团队意见征求表》，了解业务领域工作性质和对志愿者素质能力需求，同时了解志愿者的兴趣、爱好、特长。他说："我们一定要人尽其才，人尽其用，让每一位志愿者的价值得到充分体现。"每周末休息，他都回学校组织骨干志愿者，通报场馆志愿者工作相关内容，讨论志愿者工作话题，征求大家对工作的意见建议，每周一会，见证了他服务冬奥的历程。当他得知志愿者来源高校组织志愿者场馆踏勘时，他主动联系崇礼冬奥规划馆和国家跳台滑雪中心，并结合参与测试活动亲身经历，为实践队员详细讲解冬奥相关知识，勉励他们提升素质、提振精神，为服务冬奥打下坚实的基础。

2021年7月，正是一年最炎热的时候。整整一个月，商万军和志愿者工作团队的战友，先后一起奔赴张家口、天津、秦皇岛、廊坊等地招募高校志愿者，开展与志愿者对话和高校领导对接工作。他认为，要抓住每一次机会，普及冬奥知识，了解志愿者。在此期间，北京冬奥组委志愿者部的领导们多次给予工作指导，叮嘱他们注意安全、注意身体。领导的关怀，战友的团结，团队的奉献，成为炎热夏季凉爽的风。

冬奥情怀，赓续奋斗。商万军始终坚持在办奥理念、办奥要求指导下开展工作。他主持设计了弘扬志愿者精神的系列活动，起草了《北京2022年冬奥会志愿者共同倡议》《国家跳台滑雪中心志愿者誓词》，编制了《国家跳台滑雪中心志愿者管理运行手册》《国家跳台滑雪中心志愿者手册》。在志愿者共同倡议中，商万军提出了"坚定做办奥理念贯彻者，坚定做办奥要求执行者，坚定做国际交流大使者，坚定做中国文化传播者，坚定做可持续发展践行者，坚定做志愿者精神弘扬者，坚定做志愿者名片打造者，坚定做志愿服务行动者"。从整体工作的顶层设计，到具体工作的方案策划，从工作理念的梳理形成，到任务落实的要求安排，都凝聚着他深入思考、精益求精的心血。团队的战友们说，对待工作，他有"强迫症"。

2021年7月19日，北京冬奥会倒计时二百天。当天一早，商万军和他的战友身着印有冬奥标志的统一服装，来到倒计时牌前集体合影，并与前来踏勘的志愿者一起座谈。他说："冬奥会的脚步越来越近了，我们身上的责任也越来越重大了，我们期待着精彩、非凡、卓越的冬奥盛会开幕！"

志愿之花，因坚持而绽放

胡冰煜，燕山大学团委志工部部长，2008年7—8月在北京奥运会秦皇岛赛区，作为红十字志愿者参与奥运志愿服务；北京2022年冬奥会被推荐为张家口赛区国家冬季两项中心赛事服务副经理候选人。

14年前，高中毕业的胡冰煜机缘巧合与奥运结缘，成为一名奥运志愿者，正是从那一刻起，她的生活因为奥运发生了令人意想不到的变化。14年后的今天，早已褪去青涩的她将再一次牵手奥运，而这一次，成为燕山大学教师的她将用自己的力量带领更多青年，因奥运而改变。

2008年的胡冰煜高中毕业，这个热心肠的女孩偶然得知有机会用自己的力量去帮助他人，她没有犹豫，一头扎了进去。为了成为一名志愿者，胡冰煜第一次独自离家与小伙伴一起接受严格的岗前培训。培训结束后，胡冰煜顺利取得红十字救护师资格证，第一次成为一名合格的红十字志愿者。

同年，胡冰煜以红十字志愿者的身份，参加了北京奥运会的志愿服务工作，第一次在奥运场馆、旅游景点为群众提供咨询和医疗服务；第一次为奥运会的志愿者和市民开展初级卫生救护培训；第一次协助相关部门开展救援和疏导、安置工作；第一次宣传奥运和红十字精神……至此，胡冰煜第一次真正成为一名奥运志愿者。

"参与奥运志愿服务，让我拥有了很多个人生第一次，也为我的人生开启了另一扇门。"胡冰煜说。

拥有奥运志愿者的经历让胡冰煜感到非常自豪，她的自豪来源于她曾帮助过的人对她的信任与肯定。"2008

年奥运会做志愿者曾遇外国游客中暑的情况，我和其他志愿者给予他帮助，这位外国游客看到我衣服上有红十字志愿者标志和北京奥运会标志时，立刻表示非常信任和认可，当时我还挺骄傲的，觉得没给中国人丢脸。"胡冰煜谈起2008年的志愿往事，脸上写满了自豪。

胡冰煜，从来也没有辜负这一份自豪。2008年之后，胡冰煜爱上了志愿服务工作，她踊跃参加各类卫生救护培训，一直热衷于志愿服务工作。她三次利用寒暑假参与共青团中央红领巾艺术团组织的全国性赛事志愿服务。2008年至2011年的4年时间，她的志愿服务时长总计超过了560小时。即使在2012年之后的留学期间，她也从未忘记初心，积极参与孤独老人陪伴、公益对外汉语教学等各类志愿服务，努力践行着"奉献、友爱、互助、进步"的志愿服务精神。

"上岗前学习好服务技能，将心比心，换位思考，善于观察，眼里有活，发自内心地以志愿服务为傲，这些就是我在参与北京奥运会时学到的秘诀，'自信、自然、自主、自豪'，牢记这八个字，总能让我以最饱满的热情投入志愿服务工作。"每次说起志愿服务，胡冰煜的眼睛里总是闪烁着一份耀眼的光芒。

2022年冬奥会，张家口赛区主要进行雪上项目的竞赛活动，而冬季两项赛事服务又具有"有场无馆"、主要服务岗位集中于露天部分的特点，高海拔、低气温的工作环境对志愿者的身体素质和专业技能有着极大的挑战。为了能适应冬奥对志愿者的严格要求，从选拔中脱颖而出，胡冰煜从2019年起就做着积极的准备。

"坚决不能让身体成为我争当双奥志愿者的拖累。"不擅运动的胡冰煜从简单的慢跑、登山、高强度间歇有氧运动开始锻炼身体，之后再到较为系统的器械健身、社区游泳冠军，现在的她能够保证每周运动6次，已经成为同事和学生眼中的健身达人。

"做志愿者不能仅凭一腔帮助他人的热情。"作为一名"资深"的奥运志愿者，胡冰煜深深地了解一名优秀的志愿者，需要储备更多的知识与技能。从2019年12月至今，胡冰煜已经参与冬奥组委、场馆团队举办的大大小小的培训8次，储备了大量冬奥会相关知识，为提升服务能力、确保服务质量打下坚实基础。

"每一次去张家口看到场馆时都能看到日新月异的变

化，也感受到我们祖国的日渐强盛，我特别希望能为这次的冬奥会贡献自己的力量。"胡冰煜说。

燕山大学作为2022年冬奥会张家口赛区国家冬季两项中心的主要负责高校，非常重视迎冬奥志愿者储备培养工作。从2019年9月开始，校院团委广泛动员，开展了两轮"迎冬奥"储备志愿者招募，共有3423名师生参与报名。同时学院开展了"燕山大学迎冬奥志愿者候选人培训营"，除了常规性培训内容外，还开展了包括党史学习教育、国家安全和保密意识、志愿服务法律基础和志愿者自我保护、心理调适和人际交往技巧、志愿者必备技能与职业发展等在内的14门课，总课时20学时。

胡冰煜身为燕山大学团委志工部部长，一直负责统筹全校各类学生志愿服务，同时又具备丰富的志愿服务经验与参与奥运会志愿服务经历，于是她快速从一名普通的志愿者成长为赛事服务的负责人，被推选为北京2022年冬奥会张家口赛区国家冬季两项中心赛事服务副经理候选人。

奥运志愿者的经历曾将胡冰煜的青春历练出耀眼的光芒，如今，胡冰煜将携手燕山大学的志愿者们再次并肩"战斗"在冬奥会的赛场场馆,贡献青春的力量。她说:"我与学校所有志愿者一样,一直为助力冬奥的梦想在努力。"

7月底,燕山大学在北京冬奥组委、河北团省委的领导下,顺利完成北京冬奥会储备志愿者新一轮选拔招募工作。通过学院"十里挑一"、学校"百里挑一"筛选,和线上知识竞答、笔试、面试、英语口试、技术面试、体能测试等环节,最终选拔出了新一轮近400人的储备志愿者名单。

2022年的冬季,胡冰煜将有机会与其他燕山大学的冬奥志愿者们正式参与燕山大学对接的张家口赛区国家冬季两项中心的赛事服务,在冬奥竞赛场馆中留下属于自己的志愿服务印记。

奥运志愿者同样代表国家

杨潇,燕山大学机械工程学院专职教师,2008年,作为燕山大学青年志愿者协会的一员,参加北京奥运会秦皇岛赛区志愿服务。北京2022年冬奥会张家口赛区国家冬季两项中心赛事服务志愿者候选人。

在杨潇心里，当一名志愿者，服务社会是无上光荣的事情。2007年，他作为一名大学新生来到燕山大学，不久就加入了学校的青年志愿者协会。协会经常组织海边环保活动、志愿者宣传活动、社区老人慰问活动等，这些志愿活动提高了杨潇对志愿服务的认识、责任心以及团队协作能力。

2008年北京奥运会，到燕山大学招募奥运志愿者，杨潇听到这个消息特别激动，第一时间报了名，在学校参加志愿活动的经历给了他极大的信心，经过层层筛选，杨潇如愿以偿与2008年北京奥运会志愿者工作结缘。

据统计，在北京奥运会足球预选赛秦皇岛赛区11天赛事中，现场观众达15849人次，其中境外观众13000多人次，517名各国运动员、教练员、官员来秦参赛观赛。在北京奥运会期间，为了防止现场混乱引起踩踏，志愿者们需要有秩序地把观众导引到正确的位置。而杨潇在秦皇岛赛区的现场服务部主要负责观众的导引工作。

在杨潇看来，与一般的志愿者不同，奥运会志愿者有着更高的社会关注度，对专业技能的要求也更高。在

2008年北京奥运会前，他参加了4次专业的奥运志愿服务培训。奥运会赛会志愿者的培训主要分为三类：通用培训、专业培训和岗位培训。杨潇说，当时的一项礼仪培训令他记忆深刻，从站姿到笑容上都有严格要求。除了仪表、举止，专业的服务技能甚至急救技能等也都在培训范围内。几近严苛的选拔和培训标准也让杨潇认识到，奥运会志愿者的服务水平也是国家展现给世界的一个窗口，某种程度上讲，奥运志愿者和运动员一样，也代表了国家。

成为北京奥运会志愿者，对杨潇来说，是人生中很重要的一个经历，能在这么重要的活动中做出一份贡献，也让他获得了极大的满足感和成就感。

"奥运会志愿者在我心里刻上了重重的烙印，所以，当国家需要冬奥会志愿者的时候，我又来了。"杨潇的声音里洋溢着无限的自豪和欣喜。

从2008年至今，人生阅历的增长令杨潇在思想上和心理上都更加成熟。10多年来，杨潇经常出席参加国际会议、研讨等交流活动，面对来自各个国家的专家、学者，他的英语表达能力因此有了极大的提升，同时也让他了解了不同国家的风俗习惯，杨潇相信这些经历在2022年北京冬奥会志愿服务中可以帮助他更好地服务国际友人。

对于明年的冬奥会，杨潇说，他从思想上和心理上比2008年更成熟了，对于突发事件的处理有了更充分和成熟的准备。同时，他平时也坚持锻炼，"毕竟不是十几岁的小伙子了，身体上需要作充分的准备，希望以最好的状态迎接奥运。"

在奥运会志愿服务过程中，可能面临各种困难，杨潇表示，志愿者们遇到的大部分问题都是常规的困难，志愿者其实都做好了充分的准备，国家也提供了大量的支持，他相信没有什么困难是不能克服的。"在受疫情影响的年份，希望2022年北京冬奥会顺利圆满地完成。无论遇到什么困难，我们的志愿服务都坚决保质保量。"

七

培训

"师"之精神与"道"之文化

从个体意识到团队精神，从团队精神到行业文化，这中间有多长的距离？或者说，需要经过多少历程才能完成？

在北京冬奥会志愿者部里，从志愿精神到志愿文化，这一历程，被浓缩成无数个视频连接的长度。

要想成为一名合格的冬奥会志愿者，需要具备以下三方面的能力和素质——

要有良好的身体素质和吃苦耐劳的精神。冬季冰雪运动，尤其是在山区举办的雪上项目比赛，赛时室外最低温度有可能达到零下二三十摄氏度。在室外开展志愿服务，对志愿者身体素质和意志力提出了更高的要求。

要认真学习、掌握开展冬奥志愿服务所必需的知识和技能。与夏奥会相比，冬奥会志愿服务受气候因素影响更大，志愿者的冰雪知识和防护技能需进一步强化。需加强志愿者冰雪知识和相关技能的培训，帮助志愿者在做好自身防护安全的前提下，开展好本职岗位的志愿服务。

志愿者要展现良好的精神风貌。届时，志愿者既是奥林匹克精神的传播者、志愿服务理念的践行者，也是新时代中华优秀文化的弘扬者和中国国家形象的代表者。广大志愿者要通过志愿服务，当好文化交流的使者，讲好中国故事、向世界展示好新时代中国风貌。

如何把中国的志愿精神提升到中国的志愿文化？

解决这个问题的责任落到宣传培训处。

师者，传道、授业、解惑也。

部领导给宣传培训处全体同志开会，语重心长地交代说："你们宣传培训处一定要把培训工作做好。志愿者能否做好服务保障工作，能否高质量、高标准完成任务，能否展示中国年轻一代的精神风貌，培训是基础，也是关键。"

负责培训工作的孟宪青，语速缓慢但语气坚定，给部领导立下军令状："部长，请您放心，我和宣传培训处的全体同志，保证完成任务。"

任何工作，都得有人做，才能完成。

陈永伟、孟宪青、李志清、刘金芝、张鑫、邢翰林……迅速组成工作小组，邀请相关专家，一次又一次地研究讨论，拿出"培训内容""考核方式""课件评审"和"上线学习"四个部分的培训方案。

这份方案成为志愿者培训工作的重要依据——

培训内容

志愿者部将充分整合各部门、各业务领域及相关方面资源和力量，组织专家咨询队伍和培训师资队伍共同参与项目规划、课程建设和教学实施，最终形成专业化、系统化、科学化的"菜单式"课程体系，规划了23门必修课程清单，并提供了部分选修课程。

必修课：必修课是指志愿者必须在规定时间内完成的通用培训课程，包括基础知识、基本技能和行为规范三部分内容，共23门课程。

基础知识包括：《奥林匹克运动基础知识》《残疾人和残奥运动基础知识》《北京2022年冬奥会和冬残奥会概述》《志愿服务通识》《北京2022年冬奥会和冬残奥会项目设置》《北京2022年冬奥会和冬残奥会志愿服务基本情况》《志愿者法律常识》《中国文化及各赛区概况》《冰雪运动志愿服务概述》《跨文化交流》《志愿服务礼仪与人际沟通》《国际形势与外交政策》《志愿者媒体素养概述》13门课程。其中，《国际形势与外交政策》和《志愿者媒体素养概述》由各志愿者来源单位线下组织开展。

基本技能包括：《应急救护知识与技能》《残疾人服务知识与技能》《新冠肺炎常态化防控知识与技能》《北京2022年冬奥会和冬残奥

会志愿者常用英语口语》《安全防范知识与技能》《心理调适知识与技能》《日常志愿服务的技巧》《常见中文知识》8门课程。其中，《常见中文知识》主要面向海外志愿者。

行为规范包括：《北京2022年冬奥会和冬残奥会志愿者行为规范》《优秀志愿者事迹宣讲》2门课程。

选修课：选修课是指志愿者可根据知识结构、时间安排，自主选择学习的课程，该类课程属于拓展性内容，不做强制性学习要求。旨在整合委内外学习资源，为志愿者提供丰富的学习内容，帮助志愿者进一步开阔视野、丰富知识、提高本领。

通过前期征集，截至目前委内共有对外联络部、市场开发部、技术部、法律事务部4个部门及北京市地震局，申请将《NOC志愿者服务须知事项》《赞助企业品牌保护培训》《技术领域通识培训》《网络安全基础知识培训》《集群终端使用及维护保养培训》《冬奥会无线电安全保障工作》《奥运会成绩服务简介》《北京2022年冬奥会与冬残奥会IT通用知识培训》《权益保护》《地震基本知识和应急避险》10门课程作为选修课程纳入通用培训课程体系。

考核方式

北京冬奥会赛会志愿者严格执行培训不合格不上岗，赛会志愿者必须在上岗前完成规定课程的学习和考核。

在线课程由牵头单位或授课教师编制在线测试题库，志愿者在线学习，且通过在线测试后才能完成相应培训课程的学习。测试题目包括单选题、判断题和多选题三种形式，单选题、判断题每题分值为5分，多选题每题分值为10分。每套测试卷由10—20个题目构成，满分为100分，志愿者取得85分及以上成绩方可通过。各门课程的在线测试题库，根据测试卷的题目构成情况，按照同类题目的5倍编制，以降低测试题目的重复率，增加志愿者在线测试的随机性。

课件审核

建立了"3阶段4步骤"课程内容审查机制。"3阶段",即工作审查阶段、审核单位审查阶段和上线审查阶段,其中工作审查阶段又包括志愿者部责任处室初审、牵头单位责任处室和主讲人复审两步。审核单位审查由课程牵头和审核单位负责,就课程内容、标识使用、语言规范等进行审核,必要时还应征求文化活动、市场开发等专业部门意见;上线审查由志愿者部领导和各处室负责人联合进行审核把关。

培训开展

线上学习

依托北京冬奥组委信息与知识管理平台(IKM),统筹委内外资源,开发慕课与短片相结合的视频课件,通过图文声像并茂、实景演示等方式达到良好的培训效果。鼓励志愿者利用手机客户端随时随地学习。

在纷繁众多的媒体传播渠道中,如何让志愿者愿意学？乐于学？易掌握？效果好？

最终，宣传培训处选择了视频。

培训内容和方案经过各方专家审核，反复修改，最后由志愿者部部务会讨论通过，开始制作视频课件。

来看看宣传培训处的那些人、那些事——

"4-2-3-1"

孟宪青，宣传培训处副处长，低调而干练。视频课件制作的具体承办人。

他在阐述志愿者视频课件制作工作时说："以往大型活动志愿服务经验表明，培训质量影响和决定着志愿服务的质量和水平。北京冬奥会和冬残奥会的培训工作，跟其他大型活动相比，除了对志愿服务的专业性要求更高外，也面临很多新的挑战和要求。最重要的有三点：我国冰雪运动相对薄弱，冰雪运动志愿服务的经验比较缺乏；两地三赛区办赛，志愿者来源高校分散在京冀两地；新冠肺炎疫情的到来，给北京冬奥会筹办工作提出了巨大挑战。"

为了提升培训工作的质量和水平，也是为了因应北京冬奥会的各类挑战，在北京2022年冬奥会志愿者培训工作之初，孟宪青就从内容、形式等各个方面做了充分的考虑和设计。他起草拿出了一个总体的思路：4-2-3-1。

所谓4，就是冬奥会志愿者培训包括四个类别或阶段，通用培训、专业培训、场馆培训和岗位培训。

所谓2，就是要强化新冠肺炎疫情防控和扶残助残服务两个专项培训内容。

所谓3，就是重点抓好志愿者经理、志愿者培训师、志愿者骨干三支队伍的培训培养。

所谓1，就是以志愿者督导评估为抓手，督促各志愿者来源单位、各场馆、各专业志愿者项目组，真正将培训抓实抓细，取得实效。

专业培训、场馆培训和岗位培训都是指导、统筹、督导，由各专业志愿者项目组和各场馆具体实施。通用培训，则是由志愿者部直接组织实施。所以通用培训工作，投入精力也更大，对很多工作的谋划也更投入。

培训方案设计之初，考虑到前面提到的挑战，确定以在线培训为主、线下培训为辅的思路，利用冬奥组委搭建的IKM平台，利用视频课件进行培训，通过在线测试方式检验培训效果。

为了制作出高水平的视频课件，从方案制定、大纲编写、讲义沟通、拍摄录制、后期制作、视频审查等，孟宪青"把自己搭进去了"。陈永伟评价自己这位副手时说："各个环节，宪青都投入了大量时间精力，进行了大胆探索创新。"

宪青对视频教材这项工作的5个阶段做出如下感慨——

"在方案制定阶段。因为通用培训课程涉及冬奥组委内外众多部门和单位，为统一规范和要求，方案对讲义编写、课程制作等相关环节内容作了详细规定，并在充分征求意见的基础上，制定了通用培训课程大纲，明晰了各门课程应该讲授的主要内容。"

"在讲义编写阶段。先后召开了3次工作调度会，从制定课程讲义大纲开始，为各部门单位编制范例，与各部门不厌其烦地进行沟通，指导和帮助主讲人站在志愿者的角度，去设计课程内容和确立讲授角度。几乎所有课程的讲义，都至少修改过3遍以上。"

"在拍摄录制阶段。为了确保各个视频的视觉设计统一，协调冬奥赞助商安踏公司为主讲人和示范志愿者提供统一的服装；与文化活动部形象景观部门沟通后，确定了统一设计的PPT模板；协调秘书行政部，在委内协调场地，设立了专门的录课室；在拍摄过程中，还根据拍摄需要，协调到有关场馆、酒店、奥林匹克公共区等地进行拍摄，确保拍摄效果。有一次，在国家速滑馆拍摄《冰雪运动概述》里一个热身啦啦操的镜头，从下午5点多一直拍摄到晚上将近10点。拍摄过程中，因为场地还未完全交付，中途突然断电，不得不紧急协调场馆秘书长，最终场地照明恢复。有的课程，因为不太理想，又第二次重新拍摄，不少课程都进行过补拍。为了拍摄一个残疾人上下公交车的镜头，我们协调北京市公交公司派来了一辆公交巴士，专门协助拍摄。我们创新了传统慕课的方式，采取了类似于电视节目制作的方式，所有PPT内容、视频都是后期贴上去的。"

"在后期制作阶段。为了协调两家制作公司保持基本一致的后期风格和制作质量，多次召开研讨会、协调会，制定了统一的片头、片尾，明确了画面的格式和要求，编制了统一的技术规范要求，并且组织委内文化活动、人力资源、法律事务、市场开发等相关部门召开了样片审片会，进一步明确了知识产权保护、奥运标识使用、市场权益保护等相关要求。"

"在视频审查阶段。为了确保片子质量，采取了三阶段四步骤的审查流程，包括工作审查、责任审查和上线审查。工作审查，又包括处内背对背审查、主讲人与牵头单位责任处室审查两个阶段。责任审查，是由该课程的牵头部门进行审核，确保内容方向正确。上线审查，则是在上线前，由志愿者部领导和各处室负责人进行最后审查。整个审查过程，经常是要从PPT修改开始，再到字幕、画面呈现等各个细节，几乎每门课程都至少反复修改个六七遍，有时甚至是十余遍。"

"在课程审查完成后，这只是完成了课程的制作。接下来，还要进行IKM平台的上线测试。在技术公司将视频课件上传到平台，将讲义和题库录入平台后。处里要组织力量对每一门都进行测试，看看题库是否按照要求进行配置，考试能否正常提交，课程通过难度大不大，学习完成并考试达到85分后是否显示课程通过，等等。在志愿者账号开通后，每天还要回复、解答、解决志愿者在学习中遇到的一些技术、流程问题，并协调IKM平台技术支持人员予以查询解决。其实，有很多工作是非常繁琐和枯燥的。为了解决一个志愿者的问题，经常要来回邮件沟通四五次。随着平台账号开通得越来越多，有上万名志愿者，每天就算有千分之二的人遇到问题，每天也需回复几十封邮件。"

当视频教材在网上公布后，宪青的辛苦得到了回报，志愿者们说："这些视频，就是一部立体的教材，也是一道志愿文化的美丽风景。"

冬奥服务的不解之缘

邢翰林作为北京冬奥组委志愿者部宣传培训处助理，一开始，她没想到会从事冬奥相关的工作。2018年春天，经历了国考、京考面试失败后，她和很多毕业生一样，开始找工作。她在网站上看到了北京冬奥组委的校招信息，抱着试一试的态度投了和自己专业对口的法律事务岗，然而，简历最终石沉大海。7月，邢翰林最终选择去北京市青年宫工作，刚一入职，就被借调到北京市志愿服务联合会，加入了当时团市委专门为冬奥志愿服务工作设立的冬奥志愿服务专班，从此与志愿服务结下了不解之缘。

2020年，北京冬奥组委志愿者部组建，邢翰林决定抓住机会，继续奉献冬奥。由于前期工作有一定的经验积累，她顺利地成为志愿者部一名正式的工作人员。在当时，对于是否继续参与冬奥志愿服务工作，邢翰林也曾犹豫迟疑过，在结婚生子的家庭计划和需要全身心投入的冬奥筹办工作之间犹豫。但是很快，她就说服了自己：人这一生，能有几次机会参与奥运会？更何况是在自己国家举办的奥运会，现在有机会为冬奥这一国之大事尽一份力，我一定要参与。

邢翰林两次赴张家口赛区踏勘比赛场馆。

第一次是在2018年10月中旬，她第一次到张家口，来到位于崇礼的云顶滑雪公园、国家跳台滑雪中心等场馆所在地。那时，抬头望去是一片起伏的山峦，车开不上去，停在半山腰一处平地上，再往上就是连石子都没有的黄土地。伴随着工作人员的讲解和指示，邢翰林仔细地回想着她看过的场馆建设效果图，终于在一大片裸露的黄土中仿佛看到了几条已经初具形态的赛道。她想，这跟效果图差距好大啊，这么浩大的工程建设啥时候能完工啊？

第二次到场馆是 2021 年 6 月，印象最深的就是国家跳台滑雪中心了。刚到山地，她就看到形似如意的跳台滑雪中心矗立在连绵的山峦中，沿着盘山公路驾车，时而距离它很近，时而又被郁郁葱葱的树林挡住视线，初夏的阳光在场馆外墙折射出点点金光，整个场馆在山林中熠熠生辉。进入场馆之后，360° 全景平台更加震撼，向下望去，对面的冬季两项中心也正在热火朝天地建设，抬起头是湛蓝湛蓝的天空。两年多的变化，让邢翰林感受到了国家的伟大，距离冬奥会还有 8 个月，场馆就已经提前建设完成，可以按部就班地开展测试。

志愿者是成功举办一届奥运会的基石。2008 年，志愿者的微笑成为北京最好的名片，2022 年北京冬奥会虽然尚未开始，但邢翰林也已经感受到了大家的热情，在工作过程中，她遇到了太多让她感动的人和事。这是一届志愿者报名人数最多的冬奥会。有一次从组委会打车回家，路上司机师傅跟她闲聊时得知她从事的是冬奥会志愿服务相关的工作，立刻问她："我也想当志愿者，我应该怎么报名？"还没等邢翰林回答，师傅就开始自我介绍："我是一名开大车的司机，有多年的驾驶经验，希望能当一名驾驶员志愿者，为冬奥尽一份力。"这种来自陌生人的询问记不得有多少次了，每次都会激发起邢翰林内心的工作动力，她不仅感受到了大家想成为冬奥志愿者的热情，也感受到了自己工作的责任。志愿者部是志愿者的家，是志愿者的志愿者，如何不辜负志愿者的初心和热爱，让他们的冬奥志愿服务之旅有所收获，也是邢翰林不停思考的问题。

一个国家能够举办一次奥运会是非常不容易的事情，每次看北京冬奥会筹办工作宣传片，邢翰林总是激动不已，为自己是筹办工作中的一分子而感到自豪。

邢翰林说："无论是东京奥运会时中国取得的优异成绩，还是必然精彩的北京冬奥会，背后都是我们日益强大的祖国在支撑。而对于我，北京冬奥会的志愿服务工作是起点，让我与志愿服务结缘，与志同道合的小伙伴相约北京，共见盛世。"

邢翰林，把全部身心都投入到宣传培训处内勤服务的各项工作中，使处室工作得以高效运转。

一个视频，一部志愿文化的缩影

受新冠肺炎疫情影响，志愿者培训工作不能集体进行现场培训，那就改为线上培训。志愿者经理们不管在干什么，在哪里，到了约定的培训时间，打开电脑或者手机，输入瞩目号，培训视频自动打开，录制成功的视频教材，可以随意切换，随意前推后移，每个人可以寻找自己最想获得的知识点。

为了让更多读者了解世界范围内志愿者工作的历史和常识，以专家组成员任炜的讲课为例——

视频打开，任炜出现在屏幕上，他的声音温和清晰："大家好，我是任炜，我给大家宣讲的是《北京冬奥会和冬残奥会志愿服务基本情况》，我讲述的内容一共分六章。"

随着任炜的声音，屏幕上出现六个章节内容：

历届奥运会和残奥会志愿服务

近几届冬奥会和冬残奥会志愿服务

北京2022冬奥会和冬残奥会志愿者

场馆和运行相关基础知识

我们将要开展的志愿服务

我们的保障——衣食住行

任炜一章一章分析解读，观听视频的人渐渐被他带入到奥运会志愿者那片广阔的文化天地——

奥运会志愿者的历史可以追溯到19世纪末，早在第1届现代奥运会举办时就出现了900多名志愿者，他们大多数从事的是与奥运会组织相关的外围工作。那时，奥运会的规模还很小，人们对奥运会这一国际性的综合运动会并未完全认识，家庭纽带和朋友关系对奥运会的成功举办起着基础性的作用。虽然在1900年巴黎奥运会、1904年圣路易斯奥运会，以及1908年伦敦奥运会上，"志愿者"这个词都没有在官方报告中明确地出现过，但是这些参与奥运会志愿服务的人的奉献精神却毫无疑问地一直存在着，他们是伟大的无名英雄。

1912年，在斯德哥尔摩举办的第5届奥运会上为奥运会提供志愿服务的童子军和军队，第一次出现在奥运会的正式报告中，此后几届奥运会中，童子军一直发挥着重要作用。他们做着相对简单但却非常重要的工作，如发送信息、维持安全和秩序、举彩旗、搬运器材等。第二次世界大战以后，以童子军和军队为主体的志愿者团队继续参与奥运会志愿服务。但是，他们所提供的服务是零散和不全面的，也缺乏系统的管理，在奥运会赛事的组织中处于边缘地位，未引起主办方的足够重视。

1952年的赫尔辛基奥运会是奥运会志愿服务发展的里程碑。第二次世界大战以后，随着众多国家的积极参与，奥运会的规模急剧扩大，这既推动了奥林匹克运动的发展，同时也给举办城市带来了巨大的压力，各国奥组委开始动用大量志愿者来承担各种工作。这一时期的奥运会志愿者由童子军和军队扩展到青年组织、学生等，其服务内容与组织形式也产生了很大变化。与前一阶段志愿者从事的工作相比，赫尔辛基奥运会的志愿者开始承担一些技术性工作，如赛场设施的维护、技术咨询、导游、翻译等。因此，对志愿者的选拔变得严格起来。

在此届奥运会上，奥组委首次对志愿者进行培训，以适应奥运会复杂的组织和服务工作，这为以后的志愿者培训工作打下了坚实的基础。

1980年的普莱西德湖冬奥会是奥运会志愿服务发展中的另一个重要转折点。6703名志愿者组成了历史上第一支正规的奥运会志愿者团队，这些志愿者不属于任何组织，他们由商人、学生、教师、家庭主妇、医生、律师以及冰雪运动爱好者组成。经过周密培训后，志愿者们被组委会根据各自的技能特长和经验分配到奥运会赛场的各个岗位，担任体育官员和竞赛组织者、消息传递员、消防员、邮递员、书记员、观众疏导员、打字员、计时员等。普莱西德湖冬奥会志愿者符合当代志愿者的特征。此届冬奥会所建立起的志愿服务模式在以后的奥运会上得到传承，它标志着奥组委开始把志愿服务列入议事日程，并纳入奥组委的整体规划之中。

1984年的洛杉矶奥运会在奥运会志愿者走向正式化的道路上迈出了坚实的一步，奥组委成立了专门的志愿者工作部门，志愿者不仅在组委会中获得了一席之地，并且在组织管理方面有了长足的发展。与前几届奥运会不同，洛杉矶奥组委更多的是从各方面来看待志愿服务的价值。志愿者的参与大大降低了洛杉矶举办奥运会的成本。

在奥运会创办之初并没有对志愿者做出明确界定，"奥运会志愿者"这个概念第一次被清晰地界定出来，是它作为奥运词汇出现在1992年巴塞罗那奥运会的官方报告中："奥运会志愿者是在举办奥运会过程中，以自己个人的无私参与，尽其所能，通力合作，完成交给自己的任务，而不接受报酬或索取其他任何回报的人。"这无疑明确了志愿者在奥组委中不可或缺的地位。虽然国际奥委会没有成立专门的委员会管理志愿者事务，但志愿者为奥运会所做的贡献却获得了极大的认可与重视。

2004年奥运会回归雅典，雅典奥组委充分认识到志愿服务对于奥运会成功举办的重要作用，高度重视志愿者工作，不仅专门成立了与人力资源部平行的志愿者部，并且在志愿者项目上投入了更多的精力和财力，以确保志愿服务项目的成功运行。

雅典奥运会的志愿者队伍年轻，受教育程度较高，具有良好的个人素质，他们把对祖国和奥林匹克运动的热爱体现在认真负责而热情周到的服务工作中。奥运会期间，志愿者由衷灿烂的笑容和热情周到的服务，使每一个前往参赛和观赛的人真正感同回家，温馨无比。雅典奥运会的成功举办凝聚着志愿者的心血和汗水。

2008年北京奥运会，奥运志愿服务史上的新里程碑。

北京奥运会、残奥会志愿者工作确立了科学的"6+1"工作格局，并首次确立城市志愿者和社会志愿者项目，2008年被称为中国志愿服务元年。"6"主要是指北京奥运会、残奥会赛会志愿者项目，城市志愿者项目，社会志愿者项目，"迎奥运"志愿者项目，奥组委前期志愿者项目以及奥运会志愿者工作成果转化项目；"1"主要是指"微笑北京"主题活动。

北京奥运会首次确立了城市志愿者和社会志愿者项目。在奥运场馆外，40万名城市志愿者从7月1日至10月8日，在北京550个服务站点的3000多个岗位上，为中外友人及北京市民提供信息咨询、应急服务、语言翻译等志愿服务，每天基本服务8小时，部分站点在特定阶段开展24小时服务。10万名社会志愿者在社区、乡镇、赛场周边公共场所、公交沿线和行业窗口的3万多个岗位，围绕交通秩序维护、城市交通运行、公共场所秩序维护、治安巡逻、医疗卫生、扶残助困、生态环保、公园系统志愿服务、加油站志愿服务、邮政系统志愿服务等10余个领域，开展志愿服务。

2012年伦敦奥运会奥组委从2010年9月15日开始接受志愿者招募申请，共招募了7万名奥运会志愿者，是英国有史以来最大规模的一次志愿者招募活动。据统计，有超过25万名英国市民响应奥组委的号召，报名参加伦敦奥运会志愿者招募计划。奥组委称志愿者为"成就奥运盛会的人"。本届奥运会对志愿者的要求仅仅是热诚、富有灵感并且具备奉献精神，是否具有志愿服务经验并不是申请的必需条件。通过选拔的志愿者被安排在伦敦各奥运体育场馆服务以及为奥运帆船、帆板、赛艇等项目提供服务。

里约奥组委于2014年8月28日启动全球志愿者招募，总共7万名志愿者为首次在南美大陆举行的奥运盛会服务。在8月28日的启动仪式上，时任里约奥组委主席努兹曼表示："里约奥运会、残奥会的志愿者项目体现出巴西的多样性：不同的人才、不同的文化、不同的年龄和不同的兴趣，这些多元化的元素都会聚集到巴西，用他们出众的能力、热情和欢乐来服务奥运，帮助这一世界上最大规模的综合性运动会成功举办。"

从此，志愿服务衍化为多元文化的汇聚与展示。

在视频课件里，任炜把志愿者服务类别划分为11类：

对外联络服务：主要从事冬奥会、冬残奥会大家庭联络服务，贵宾以及国家（地区）奥委会、残奥委会代表团联络服务，语言抵离服务等。

竞赛运行服务：主要从事竞赛组织辅助、场地运行维护、体育器材及设施管理服务，国际和国内技术官员服务，国际单项体育联合会联络服务，热身区及运动员休息区服务等。

媒体运行与转播服务：主要从事注册媒体的保障和服务，具体包括主新闻中心、国际广播中心、张家口山地新闻中心、张家口山地广播中心、各场馆媒体中心运行服务等。

场馆运行服务：主要从事场馆设施运行与维护服务、场馆运行中心和通信中心服务、赛事指挥协调服务、场馆引导标识管理服务等。

市场开发服务：主要从事赞助企业服务、票务运营服务等。

人力资源服务：主要从事工作人员服务、制服相关服务、注册服务、信息与知识管理服务、赛会志愿者服务等。

技术运行服务：主要从事计时计分及成绩系统服务、现场技术支持服务、集群设备分发服务等。

文化展示服务：主要从事文化活动服务、城市活动与文化广场服务、颁奖仪式服务、体育展示服务等。

赛会综合服务：主要从事餐饮服务、住宿服务、医疗服务、反兴奋剂服务、赛事服务、观众体验服务、奥运村服务等。

交通服务：主要从事交通引导服务、交通信息咨询服务、车辆驾驶服务等。

其他：主要从事主办城市联络服务、可持续发展与遗产服务、新闻宣传服务、收费卡服务、品牌保护服务、物资管理与物流服务、法律咨询服务、权益保护服务等。

授课结束，任炜说："奥运会的志愿者是志愿服务的实践者，是和平友谊的沟通者，是奥运精神的传播者。

让我们的微笑，成为你心中的冬日暖阳。"

23门课，23个专家，23个视频，100多个片子，囊括了志愿服务的所有知识和技能。这是一门行业学问，行业即道，学问即识，"道"与"识"即文化。

23门课，一部视频，就是一部志愿者文化缩影。把一个行业做到文化的高度，就成了"师"与"道"，它充分体现了"师"之精神与"道"之文化。

这些视频，将作为北京冬奥志愿者工作遗产，作为中国志愿文化加以保存和传承，供后来者参考借鉴。

八

保障

心向明月无沟渠

一条新建的高铁从北京北站出发，呼啸出京，1个小时直达太子城。太子城，位于河北省张家口市崇礼区，北京冬奥会有3个雪上比赛场馆集中于此：国家跳台滑雪中心、国家越野滑雪中心、国家冬季两项中心，以及串起它们的空中廊道"冰玉环"。众所周知的"雪如意"是国家跳台滑雪中心，距太子城高铁站3公里。赋予一个比赛场馆如此诗意的名字，恐怕不仅仅体现了中国传统文化的特色和魅力，这种中国符号的注入，更多的是体现中国人对于这项运动的理解与热爱。中国的冰雪运动不是强项，尤其是雪上项目，所以北京冬奥会的举办，无疑会为中国的冰雪运动开创一个良好的开端，营造一个美好的未来。

2020年9月，我随队来到"雪如意"实地踏勘，那时候的"雪如意"没有一丁点儿"如意"的品貌，山上山下一片乱糟糟的施工现场。所有在现场的人心中都有一个大问号：能赶上2021年2月的测试赛吗？

3个月后的12月，再来踏勘，还没到场馆，远远地，在车上就看见群山之间一个优美的"如意"竖架在那里，在阳光中熠熠生辉！

新冠肺炎疫情在世界各地此起彼伏。中国严防死守，整体状况波澜不惊。测试赛如期举行！

作为志愿者保障工作的执行者，我们经请示领导同意，保障工作以最恶劣条件为基准进行保障，因此张家口赛区的极端天气是我首先关注的数据，它直接决定我将为志愿者配备哪些保暖物资。

我原本想亲自去张家口赛区志愿者服务的最高点体

验极寒温度，但受疫情防控政策影响，不能前往。我只有等待在一线服务的团队给我传回数据和相关情况。我给志愿者场馆管理团队的志愿者经理韩墨打电话："兄弟，保重自己的身体，无论如何要为我提供准确的情报！"

测试赛结束后，韩墨给我提供了一份文字情况：

志愿者的住宿问题。古杨树场馆群的志愿者住在北方学院，每天志愿者在路上的时间就需3个小时，这样大大浪费了志愿者的休息时间。建议赛事服务志愿者能够就近住宿，最好是住在核心区或崇礼区。

志愿者上岗交通。每个业务领域的志愿者上岗时间不一样，由于保障车辆较少，比如冬季两项场馆只有一辆大巴，所有业务领域的志愿者统一上班、下班，延长了志愿者的工作时长，出现过跳台的志愿者下班没有通勤大巴，只能等到越野的志愿者下班统一乘车返回。建议志愿者的接送车辆保障充足，志愿者的上班、下班能够个性化。

志愿者保障方面。志愿者在户外工作时间较长、气温较低，测试活动期间最低气温在-25℃，因此，建议服装要保暖，同时要透气、速干、轻便、防水。建议志愿者的服装在左侧胸口处有可以别放集群的地方，参考警服。由于室外气温较低，手机待机时间短，建议志愿者的服装单独设计有可以用来装手机的口袋，要有加热或者保暖的作用。建议志愿者的手套可以带有触摸手机屏幕的功能，或者给志愿者配备触屏笔。针对在室外工作的志愿者眼镜起雾的问题，建议配备防雾喷剂或者防雾湿纸巾。雪上场馆光线较强、反光较强，建议给志愿者配备相应墨镜或者墨镜夹片。

接到韩墨告之的情况，我立即向领导报告，并针对这些问题，配备保暖物品。同时与人力资源部和运动会服务部相关处室联系，上下协同，左右联动，共同解决志愿者在上岗服务时必将面对的困难。这些协调看似是个人工作，其实质反映了一个国家面对困难时的精诚团结和齐心协力。它是一个民族前进和发展的原始动力和精神力量。

冬奥组委对物资采购规定了一套严格的程序，这套程序到志愿者部，部务会又更加细化，按照规定，我首先起草赛时志愿者补充保障物资采购清单研讨会的申请，报部领导审批。

2021年3月11日，根据部领导审批回复，志愿者保障工作召开了第一次大型会议：赛时志愿者通用保障物资采购清单研讨会。

为使物资采购清单更全面，更符合志愿者冬季实用，我和全处同事，一起讨论了参会者名单，最终确定邀请市场开发部赞助商服务处、运动会服务部餐饮处、志愿者部相关处室、志愿者经理代表、学生代表、相关企业代表参会。

没有想到，会议开始前出现了小插曲：会议原计划请分管副部长参加，我那位主管同事主持。但到开会前半小时，主管同事告诉我："因下午副部长要参加北京某大学的活动，我必须陪同，临时决定由你主持此会。"

虽然意外，但也不至于让我惊慌失措。

　　14点半，北京冬奥组委会议中心二层第三会议室，研讨会如期开始，我作为主持人把开场白刚说完，就看见分管副部长出现在会议室门口，我以为他是来开我们这个会的，急忙迎出去，悄声问："部长，你们没去大学？"分管副部长说："没去，秘书长这边临时有个会，我不是来开你这个会，你们继续。"副部长快步去秘书长那边的会场了。

　　我回到会场坐下，心想："原定主持会议的同事呢？他干什么去了？"

　　这位主管同事一直没来，会后我问他："副部长开秘书长会，没去大学，你既然没陪部长去，应该来开这个会呀，这是保障工作第一次重要的会议。"

　　主管同事说："我一直在楼下等部长，领导不能开半个会就走，我要是开到半途就走，这是对每个参会人的不尊重。"

　　这种解释也有道理。

　　不管会议由谁主持，只要是为了把工作做好，皆可。

　　讨论会上，与会的每位同志对物品采购的清单逐一发表意见，讨论十分热烈，大家各抒己见，滔滔不绝，对每个商品的适用度分析理由，寻找问题。

我没有想到大家这么热烈，与会的综合处同事事后跟我说："这与你作为主持人引导有关。"

是的，我一再强调："各位要认真对待，这关系到赛时数万名志愿者的温饱安全。大家重任在肩，不能辜负志愿者们那双殷切期盼的眼睛，那颗无私奉献的爱心。"

对于供货商家的选择，根据冬奥组委关于物品采购的相关规定，我们与市场开发部赞助商服务处分别于2020年11月2日、2021年2月22日两次开会询求供货企业。最终由市场开发部提供盼盼食品有限公司、伊利食品有限公司、士力架食品有限公司、可口可乐有限公司4家具备资格准入的供货商家。然后由这4家企业提供物品初选清单。

为了提高工作效率，我特意设计了一张表格，让各家企业按照商品名称、规格、图片、单价列出清单，统一提交给大会研讨。听取各方意见后，每个参会者在表上画钩标出自己选择的品名。会后由我收上来逐一统计登记，选出得票最多的品名作为采购物品，再报领导审定。

这次研讨会取得的成果是：拟定"好运输、好保存、易打开、高热量、大众化"的食品选购原则和安全可靠保暖时长不得低于10个小时的保暖品采购原则。食品包括面包、饼干、坚果、饮用水4大品类共9种物品。保暖品包括保温杯、暖贴。

研讨会的成果报告完成后，主管同事强烈建议在保暖品中加入"保暖鞋垫"，他自己开车去张家口踏勘，说雪上场馆的志愿者脚冻得太快，保暖鞋垫能很好解决这个问题。同时，他提议在食品中加入热饮和方便面。

按照主管同事的意见，我们把完善后的报告呈部领导批阅。分管副部长签字：上部务会审议。

2021年4月2日，志愿者部第2次部务会，志愿者补充保障物资经审议，全票通过。尤其是在食品类关于肉肠的选取细节上，部领导表扬说："选鸡肉或牛肉，充分考虑了不同民族的饮食信仰，说明大家考虑问题比较细致，这种细致的作风，适用于各项工作。"

采购清单确定下来，后续就是经费预算申请。根据财务规定，超过一定数额的经费须报冬奥组委领导批示。

我历来数学不好，对数字天然不敏感，几乎很难及格，进入社会后一直从文至今，从未涉及过采购和预算的事，我爱人让我出去买菜，买三样菜回来，我都记不清每样菜的单价，甚至一共多少钱我都说不清楚。

负责财务的王磊和被称为学霸的志愿者经理郑乐放下手头工作，全力帮忙，利用周六周日加班，把上千万元的志愿者物资保障经费的预算方案弄得清清楚楚！

这期间，由于新冠肺炎疫情在全世界范围不断恶化，并且出现新的德尔塔毒株，毒性更强，传播速度更快。东京奥运会有代表团整体被感染。为了确保安全，精简办奥，经北京冬奥组委与国际奥委会协商，志愿者人数大幅缩减。缩减后的人员数量被委内统称为"V4版人员计划"。各场馆重新定岗需要一个整合审核确定过程。

这期间，拟定供货企业迟迟接不到确定信息，都纷纷着急起来。他们不停打电话给我，表达过相同的意思，时间越短，他们准备材料就不充分，物品质量无法百分之百保证。而我给他们的约定是，所有物品必须是百分之百的安全可靠。

已得到消息，分管副部长要去日本东京观摩东京奥运会，考察东京奥运会志愿者的工作情况，以供北京冬奥会志愿者工作借鉴参考。分管副部长去日本后，他负责的工作由另外一位副部长代管。

分管副部长去日本后不久，我那位主管同事在老家的母亲突然病重住院，据说阑尾炎误诊，导致穿孔。这位同事请完假，开着车心急火燎回老家去了。我知道他性子急，再三叮嘱："路上开车千万注意安全。"

这位同事在老家待了一周，直到他母亲病愈出院，他才回北京。令人意外的是，他回北京的头一天，他老家因疫情被划为重点区。根据北京市的防疫要求，从重点区回京的人，必须要在家隔离观察14天。这位同事被小区居家隔离。

过了三天，这位主管同事给我打电话，他说，他想来上班，但小区不让他出来，他跟小区干起来了。我有些诧异，问他："怎么会跟小区干起来了？"他说："我的核酸检测呈阴性，但小区不认，他们说我是咽喉拭子，要鼻腔拭子的测试，让我去做鼻腔拭子检测。"

我赶紧劝他："别急别急，一定要服从小区规定，工作我顶着。有事电话沟通。"主管同事说："采购物品的经费申请得赶紧报了，不然供货商来不及。"

我说："好！"

这一刻，我突然觉得，我和他，就像一个家里的两个兄弟，不管身在何处，我俩的心都在往一处想，我俩的劲，都在往一处使。

我想起《诗经·小雅·棠棣》中那句古语："兄弟阋于墙，外御其务。"

我与他之前因争吵留在心中的阴影一扫而光。在他被隔离的日子里，我们用微信解决着工作中一个又一个难点，我与他肩齐肩、手挽手，同心协力把志愿者保障工作向前推进。

我接到人力资源部制服处打来的电话，通知我这位主管同事去制服处开会。主管同事在家隔离，我当即决定，我代表他去。

制服事宜，牵涉到号段尺码，严格来说应该算是任炜发起的，因为他们在招募录取志愿者时，发现女性志愿者与男性志愿者的比例，跟当初的预测有很大出入，为了使制服生产的数量更适合现有男女比例，需要紧急召开一个调整会。

这是件大事。我既然去开了会，有问题我就得顶着。

会上，任炜和我与制服处的两位主管通过综合分析，迅速调整男女制服的生产比例，由原来的男女45%比55%调整为38%比62%。我们四个都是干脆利索的人，前后不到半个小时，意见就达成一致，制服处现场跟安踏生产商对接调整生产数量。任炜被叫到另一个会议上去了。我回到办公室，立即编写了一条短信发给我这位主管同事："志愿者制服男女比例由原来的45%比55%调整为38%比62%。请你请示部领导。"

主管同事回我："你直接给分管副部长报告。"

我将短信进行重新编写："部长下午好！招募管理处在志愿者招募面试过程中，发现当初男女制服的比例数（男4.5：女5.5）不合适，故进行了调整，按照目前已招录结束的场馆人员结构分析，女性志愿者偏多。今天下午，我和任炜一起与制服处召开了对接会，综合各方分析，对志愿者制服工作做出调整，预计做20000套，女性比例占60%—62%，男性占38%—40%，后续根据场馆招募的人员结构再进行微调。特向部长报告，看您有什么意见，制服处结合您的意见可以再调整。请部长指示。"

我发出的时间是15点58分。分管副部长16点01分回复我："同意你们的意见。"

前后3分钟！一件大事拍板确定！

瞧瞧，这是什么效率！

不是面对面交流，微信的互发，难免也有"卡顿"，遇到有些问题，我跟我的同事总会来回在微信里扯，甚至一扯就是一个上午。但我不再怪他，我想，每个人都有自己不同的工作方法和办事思路，不能一概而论，同事这种看似拉锯式的工作模式，可能也不无道理，因为这是一种磨合，这种磨合的过程，或许会让工作思路更加清晰和完美！

其实，领导敢于拍板，敢于下决心，一方面是个人的能力素质，是对工作的熟悉掌控，另一方面也是对下属的高度信任。

有人说，志愿行动，应该是纯粹的自觉自愿的个人行为，一切困难和问题都应该由个人自行承担解决。

这种观点在个人主义和自由主义至上的世界里甚嚣尘上，因为他们的行为不受任何制约，他们也就不用为自己的行为承担任何责任——所以，平昌冬奥会期间，由于天气寒冷，交通困难，一夜之间流失了数千名世界各地的志愿者，致使相关赛事运行几乎瘫痪。恰恰相反的是，唯有中国的志愿者，没有一人离开，默默地坚守在自己的服务岗位上，这些中国年轻人的身影，让全世界感到温暖，感动之余，他们也在重新思考人类行为中，什么才是更崇高的意义和更宽广的价值。

观众服务处的副处长李雪滨，个子不高，体能惊人，号称业余足球队里的专业球员。受北京冬奥组委委派并通过平昌奥组委面试，成为实习计划团的一员，2017年12月9日抵达韩国，开始为期102天的顶岗实习工作。

按照平昌奥组委的工作部署及后期调整，李雪滨先在江陵奥林匹克公园跟随赛事服务经理见习一周，后被调整至阿尔卑西亚奥林匹克公园EVS团队实习并直至冬残奥会结束。其间，他首先与跳台滑雪和越野滑雪EVS团队一道，完成了进驻场馆、主管报到及培训、点位规划、组长报到及培训、移入扫尾、志愿者报到及培训等工作，冬奥会赛时又先后在越野滑雪场地、跳台滑雪场地参与了观众进场、观众退场、验票辅助、队列引导、观众席引导、信息台服务等工作，残奥会赛时又参与了冬季两项场地的观众服务保障工作。

通过平昌实习，不仅为李雪滨提供了宝贵的亲身观察、体验、参与的实践机会，有助于后续更好地编制北京2022年冬奥会和冬残奥会场馆运行通用指导文件、示范场馆运行计划等工作资料，还提升了个人的思维视角，回国后在协调推进一些筹办工作上，已经从之前的以单独业务领域为核心的视角逐渐提升为"场馆运行"视角。

雪滨说："所有业务领域是一个整体，你中有我，我中有你，这种思维的提升，于个人、于团队均有裨益。"

在一次志愿者保障工作会上，有人提出为什么还要对志愿者给予保障的问题时，一位领导以不容置疑的语气说："因为大自然施加给人类的困难，人类靠单打独斗无法战胜，只有齐心协力，团结一致，才能克服。不管是东方文化还是西方文化，都对此一致认可。我们对志愿者给予保障，不仅体现的是国家对志愿者的关怀，更重要的是体现人类社会对年轻一代团结协作和乐于奉献之精神的认可与鼓励。"

九

防疫

举大国之力，求大国之是

"东方智慧"成为人类文明历史上最耀眼的光芒，照亮着人类前行的道路。五千年的文明历史，也是用五千年时光对"东方智慧是否可行"进行检验的历史，也是对"东方智慧"不断丰富和完善的历史。最近的一次，也是最有力的一次证明，就是如今还仍然在全球肆虐人类的新冠病毒。

新冠病毒在人群越是聚集的地方，传播得越是厉害。中国14亿人，人口密度世界第一。从疫情暴发至今，两年时间，恰恰是人口密度最大的中国，在全世界疫情防控做得最好。

这让除中国人之外所有的地球人都瞠目结舌。

他们的惊愕，熟悉中国历史文化的人，完全理解，因为那些外国人，太不了解中国五千年修炼出来的人格和民风。其实，就连"格"这个中国文字，他们也不见得能真正读懂。

只有身在中国的中国人，只有被中国五千年文化滋养成长的中国人，才深知这其中的奥秘，可以用三个成语来概括：

严格自律：中国文化对于个人来讲，一直要求从内心出发，修身养性，严于律己。自律，是人和动物最基本的区别，猴子进化成人的过程，其实质就是自律的过程，从爬行到直立行走，骨骼变形，十分痛苦，能忍受，坚持直立行走，就变成了人；不能忍受，依然爬行，就还是猴。这"忍"和"不忍"，就是自律和不自律。所以，当疫情暴发时，国家号召戴口罩，中国人立即戴上口罩。反观美国人呢？以"自由"的名义抗议戴口罩，结果……全世界都看见了，此处不再赘述。

万众一心：清末民初，外国入侵，军阀混战，民不聊生，国破家亡。中国人很快认识到问题的根源，人心不齐，一盘散沙，中华民族只有灭亡。于是，中国现代最激动人心的国歌诞生了："我们万众一心，冒着敌人的炮火，前进！前进！"中国的工人、农民、学生、商人、军人，齐聚在中国共产党的大旗下，同生共死，结果……全世界都看见了，此处不再赘述。

未雨绸缪：新冠病毒疫情发生后，中国政府迅速组织国内国际各方专家，研究防疫对策，研制预防疫苗，根据实战中得出的经验教训，结合现代科学大数据控制，摸索出"链接追踪、分区管理"的有效防控经验，发现病例，追踪连接，按"高、中、低"风险区，分别实施对应管制。一下就把看上去混乱不堪的疫情传播梳理出清晰的管理路线。而且，立即把这些经验与全世界共享。中国人知道，"同气连枝""命运与共"的道理。再看看以美国为首的西方呢？结果……全世界都看见了，此处不再赘述。

这些西方国家，因为傲慢和偏见，把疫情防控搞得一塌糊涂，却还要甩锅赖账，却还想借北京冬奥之名，向中国发难。

在这样的大背景下，第24届北京2022年冬奥会，必将载入人类文明史册，或者说能为人类提供借鉴经验的最伟大之处，不仅体现在它的成功举办，更重要的是它为人类提供了团结协作战胜灾难的中国智慧。面对巨大的灾难和困惑，人类采取什么样的态度和方式去面对、去抗争并战胜，中国给出了方案，给出了答案。

在国家制订的"链接追踪、分区管理"的防控原则下，北京冬奥组委成立防疫工作领导小组，制订具体方案，所有的工作都必须在防疫的前提下展开，全面实行"一馆一策"，划分"高、中、低"风险区，不同等级的风险实施不同的防控政策，各业务部门同时结合自身实际情况，制定更加细致的防疫措施。志愿者部根据委内的具体措施，让各处反复学习研究，结合志愿者工作的实际，提出执行措施，出版志愿者防疫手册，人手一册，逐条对照执行。

新冠肺炎疫情防控常态化，是北京冬奥会志愿服务工作面临的最大挑战之一，疫情防控必将影响到志愿者工作的方方面面。

但凡开会，部领导都要在会上强调："志愿者工作的方方面面，都必须要把疫情防控考虑进去！"

这部《燃烧的雪花》原本只是记录北京冬奥志愿者工作的美丽风采，但我还想为看到这本书的人提供北京冬奥完整的疫情防控的方案，以供参考和借鉴。

毕竟，生命至上。

毕竟，面对困难，生存，既是哲学，也是方法。

生存方式多种多样，看看中国人在面对生存风险时，所探求出来的方式方法。这些方法，不是凭空臆想出来的，是有千百年的历史作为智慧基础，因地制宜，因时制宜，才能完成的，否则，中国的疫情防控成效怎么会那么显著？

这些描叙方法的文字虽然枯燥，我仍然全文收录于此，因为它能救人性命——

按照国家颁布的"高中低"风险区的管理原则，北京冬奥会赛会志愿者先划分成闭环内管理和闭环外管理。

闭环内管理是指根据入境人员可能的活动轨迹，将场所内相应区域划定为封闭区域，各区域通过指定交通工具点对点连接，构成完整的闭环内区域而实施相应管理。

闭环外管理是指对涉冬奥场所封闭区域外相关区域的管理。

闭环内管理人员在不同阶段实施不同的防疫措施。

赛事工作前14天：对每名志愿者开始检测、追踪与隔离，各志愿者自行下载并登录"北京冬奥通APP"，使用其中的健康监测系统（HMS），通过系统报告每日自身健康状况。每日检测并记录体温。每天主动观察自身健康状况，如实填报发热、乏力、咳嗽、咽痛、头痛、肌肉／关节酸痛、呼吸困难、胸痛、呕吐、腹泻、味觉异常等症状。各场馆志愿者集中驻地负责收集审核本场馆（驻地）人员相关信息。在赛事工作开始前14天完成新冠疫苗全程接种，并提供接种证明。

如果某个志愿者在赛事工作开始前14天内有新冠肺炎的任何症状，要及时到医疗机构就诊排查，如果不能排除罹患新冠肺炎或其他传染性疾病，请勿参与赛事工作。志愿者在赛事工作开始前48小时内到指定的检测机构进行新冠核酸检测并取得阴性证明。确保赛事工作开始前14天不出北京市、河北省，且未在中高风险地区经停。在赛事工作开始前的14天，不聚餐，不聚会，尽量减少与他人身体接触。共同居住人员也应不聚餐，不聚会，尽量减少外出。养成良好的卫生习惯：包括勤洗手或使用洗手液、戴口罩。确保口罩充足。一旦口罩变潮湿，请立即更换。要注意与口罩上标识相关的信息。

竞赛场馆、训练场馆、非竞赛场馆、签约酒店、奥运志愿者和工作人员住地、定点医院、交通场站等所有涉奥场所的室内区域，室外场馆比赛区和座席区，除吸烟区以外的室外区域，所有涉冬奥公共交通工具内、室外站台、排队候车区，禁止吸烟。

赛事工作时：为了保证每个人的安全和健康，每名志愿者必须保持社交距离并保持良好的卫生习惯，遵守常态化疫情防控下的卫生措施。须遵守闭环管理规定。需要每天通过健康监测系统（HMS）主动进行健康监测和报告个人健康状况。

检测、追踪与隔离：志愿者每天主动监测个人健康状况（例如，体温和任何其他新冠肺炎症状）。在健康状况报告应用系统上报告结果。见"更多信息—北京冬奥人员健康监测系统"介绍。在奥运会期间接受定期

（每天一次）的新冠病毒鼻咽拭子核酸检测。检测的时间和频次将实时调整。检测将在志愿者入住的驻地专用设施内进行。检测结果将及时高效处理，并根据个人健康情况认定。咨询专家组将制订相关方案，对复杂病例的结果进行解释，也可请该小组对复杂病例提供解释。志愿者可以通过北京奥组委健康监测系统预约检测。如果在赛时新冠病毒检测呈阳性，马上配合隔离、配合流行病学调查并且通知此人的场馆负责人。需要转运至指定传染病医院进行治疗，治疗期长短及具体隔离时长将由卫生部门根据此人的症状及感染严重程度，结合防控方案和出院标准决定，不能继续参加赛事活动或相关工作，同时协助北京冬奥组委审查自身活动，包括首次出现症状或检测前两天一直到隔离开始前所有与本人有过密切接触的人员。密切接触者会收到通知，并需要遵守中国卫生部门和北京奥组委的进一步防控措施指示。如果是赛时新冠病毒检测阳性患者的密切接触者，将通过健康监测系统（HMS）得到通知和／或由公共卫生工作人员联系此人进行检测，公共卫生工作人员会就下一步行动与本人联系。本人需要前往卫生部门指定的隔离场所进行隔离并配合核酸检测、配合流行病学调查等卫生部门要求的防疫措施。本人不得继续参加赛事活动或相关工作。

每次进入场馆前都要做好体温检测的准备，如果体温为≥37.3℃，将进行第二次测温确认。如果体温依然为≥37.3℃，则不允许开展工作。请通知场馆负责人，并遵从他们的指示，将被带到隔离区，等待进一步措施。如果出现任何新冠肺炎症状，请立即联系场馆负责人，告知后续安排。将被带到场馆隔离区由医疗官进行健康检查、配合流行病学调查。如果被认为有可能感染新冠肺炎，将被送往定点医院发热门诊接受新冠病毒检测筛查。收到检测结果前，必须在发热门诊等候。不能继续参加赛事活动或相关工作。

社交要求，尽可能减少与他人的肢体接触，如拥抱、击掌和握手。与运动员保持2米距离，与其他人保持1米距离。及时更新密切接触人员清单。只能乘坐冬奥会／冬残奥会专用车辆，不要乘坐公共交通工具。与其他乘客保持距离，按照座位安排落座，例如与他人之间留出空位（大、中巴车上座率不超过50%）。不要离开实行闭环管理范围，包括冬奥村或冬残奥村、签约酒店、志愿者集中驻地（或者其他指定住所）、竞赛和非竞赛场馆等。按照活动计划，目的地只能是行动清单中的场馆和其他工作地点，包括媒体工作场所和训练场馆。不能去闭环管理场所外的健身房、旅游景点、商店、超市、餐厅或者酒吧等。赛事期间将无法提供快递、外卖等服务。

保持良好卫生习惯，在赛事工作期间请保持良好的卫生习惯。遵守场馆和住宿设施公示的规定，这些区域会采取更加严格的清洁消毒方案和卫生措施。时刻佩戴口罩，除非在用餐或睡觉。戴口罩前应先清洁双手，避免触摸眼睛和口鼻。尽可能用肥皂和流动水清洗双手30秒以上，或者使用洗手消毒液。口罩受潮后应立即更换。面屏不能作为口罩替代品，只能用于预防眼部感染或在无法佩戴口罩时使用。咳嗽时用口罩、衣袖或纸巾遮挡。将用过的纸巾／一次性口罩／口罩过滤器扔进垃圾桶。勤洗手，每次彻底清洁双手30秒以上，最好使用肥皂和流动水，否则需使用洗手消毒液。避免大喊、欢呼和唱歌——可在比赛中用其他方式来表示支持或庆祝，如拍手。尽可能给房间定期通风——每日至少3次，每次至少通风30分钟。尽可能避免共用物品。

交通防疫管理：依据身份注册卡通行权限，各赛区按照各自交通管理模式，实现境外人员及国内人员分乘冬奥专用车辆。上车前测量体温，通过手机软件等信息化手段，实现乘车记录可追溯。赛事组委会统一安排涉奥人员专用车辆，实行分类管理。赴北京、延庆、张家口赛区高铁列车设置进站专用通道、候车区域和车厢。高铁专用车厢、大巴车及轿厢均按不超过50%上座率分散交叉就座。司机席和乘客席保持物理隔离，通过空调保持通风。乘坐期间佩戴N95／KN95医用防护口罩，尽量减少交谈。

住宿防疫管理：赛事工作期间不得离开志愿者集中驻地外出活动。不能去闭环管理场所外的健身房、旅游景点、商店、超市、餐厅或者酒吧等。驻地入口处设防护用品摆放台（放置防护口罩、75%酒精棉片或免洗手消毒剂），在公共区域内活动时须戴口罩。驻地入口处设非接触式体温检测仪和防护用品摆放台，一旦出现发热人员，测温人员直接将其引导至隔离室，并由医疗官协调转送至定点医院进行筛查。房间内不提供拖鞋、口杯等非一次性公共用品用具。驻地内均设有隔离室，以备人员出现发热等症状时能够进行暂时隔离。避免在主餐厅聚集拥堵，用餐后立即离开。实行错峰就餐和最大接待容量限制。候餐处设置有标识和地标。在难以保持距离的区域放置有透明隔板。鼓励回房间就餐。无注册权限的访客不得进入驻地。出于运行需要的访客，须经北京冬奥组委、国际奥委会和国际残奥委会同意，才能获得通行许可。赛事期间将无法提供快递、外卖等服务。使用健身等公共设施实行预约制，分时、分散使用，限制进入人数，减少交叉感染风险。在室内健身房进行体能训练时须戴口罩。驻地内设置核酸采样区，所有人员需定期接受核酸检测。阳性人员送指定医院进行隔离治疗。

餐饮防疫管理：餐厅／休息室／公共售卖点入口处设防护用品摆放台（放置防护口罩、一次性手套、75%酒精棉片和免洗手消毒剂）和非接触式体温检测仪。在所有必要地方设置标识和地面距离标志。在排队等候区划设至少1米的地面标记。在指定区域分时分批错峰就餐，要求戴口罩、戴手套取餐，分散用餐或回房间用餐。请在指定就餐区域就餐。在公共售卖点、餐券验证区、柜台、工作区等不易保持社交距离的区域安装防飞沫隔板／防溅罩。食品摆放区安装防护罩，减少飞沫污染。服务人员负责斟饮品、分发食物，如不能实现，则提供分餐用具和手套。用餐结束后，应主动将餐具和食品残渣送到指定厨余垃圾回收处和餐具回收处。回收处摆放免洗手消毒剂，请做好手部消毒。

竞赛与训练场馆防疫管理：各相关利益方、运动员、观众等不同类型客户群流线分开，最大限度避免交叉。在权限范围内活动。合理安排场地，按照社交距离要求控制人员密度。场馆出入口体温检测。场馆入口处设非接触式测温仪和防护用品摆放台（放置防护口罩、75%酒精棉片或免洗手消毒剂），一旦出现发热就地隔离，及时转诊筛查。场馆内不设公共饮水区。建议全程佩戴N95／KN95医用防护口罩。必要时佩戴防护面屏／护目镜、一次性使用乳胶手套。

工作场所防疫管理：合理安排场地，按照社交距离要求控制人员密度。出入口体温检测。入口处设非接触式测温仪和防护用品摆放台（放置防护口罩、75%酒精棉片或免洗手消毒剂），一旦出现发热就地隔离，及时转诊筛查。不设公共饮水区。建议全程佩戴 N95／KN95 医用防护口罩。必要时佩戴防护面屏／护目镜、一次性使用乳胶手套。

会议室等公共场所防疫管理：会议室、健身房、娱乐中心、活动广场等公共场所实行预约制。座位距离保持至少 1 米距离，与运动员保持至少 2 米距离。以线上会议为主，非必须不召开线下会议，尽量减少面对面会议。

开闭幕式防疫管理：在场馆远端安检入口处设非接触式体温检测仪和防护用品摆放台（放置防护口罩、75% 酒精棉片或免洗手消毒剂），安排专人负责，一旦出现发热，及时就诊筛查。请按地面设置流线引导标识分区候场、入场、落座。参加开闭幕式人员全程佩戴 N95／KN95 医用防护口罩，与运动员保持 2 米距离，与其他人保持 1 米距离。入场式后进入看台，按照管理人员引导落座，落座后不得随意变更座位。观看时减少与他人交流，尽量采取鼓掌方式，不得欢呼、呐喊和歌唱。禁止在观看期间进食，饮水后及时戴上口罩。

诊疗活动防疫管理：各场馆均设有医疗站，提供医疗服务。若出现发烧或其他症状，您将被暂时隔离在隔离间内，医疗官协调转送至定点医院进行筛查，核酸检测阳性者转指定医院进行救治。设备在使用前后均经过消毒，理疗师在接触运动员前后均应保持手卫生。使用冰袋（冰块）前要消毒双手。

赛事工作结束后：按照"移出期"管理方案，集中隔离观察14天。

闭环外管理人员不同阶段的防疫措施如下。

赛事工作开始前14天：检测、追踪与隔离，请在赛事工作开始前14天起，每日进行自身健康监测，包括发热、乏力、咳嗽、咽痛、头痛、肌肉/关节酸痛、呼吸困难、胸痛、呕吐、腹泻、味觉异常等症状。每日检测并记录体温。每天主动观察自身健康状况（如体温是否异常和任何其他新冠肺炎症状）。组织单位负责收集审核相关信息。请在赛事工作开始前14天完成新冠疫苗全程接种，并提供接种证明。如果在赛事工作开始前14天内有新冠肺炎的任何症状，请及时到医疗机构就诊排查，如果不能排除罹患新冠肺炎或其他传染性疾病，请勿参与赛事工作。请在赛事工作开始前48小时内在指定的检测机构进行新冠核酸检测并取得阴性证明。请确保赛事工作开始前14天不出北京市、河北省，且未在中高风险地区经停。不聚餐，不聚会，尽量减少与他人身体接触。共同居住人员也应不聚餐，不聚会，尽量减少外出。养成良好的卫生习惯：包括勤洗手或使用洗手液、戴口罩。请确保口罩充足。一旦口罩变潮湿，请立即更换。要注意与口罩上标识相关的信息。

竞赛场馆、训练场馆、非竞赛场馆、签约酒店、奥运志愿者和工作人员住地、定点医院、交通场站等所有涉奥场所的室内区域，室外场馆比赛区和坐席区，除吸烟区以外的室外区域，所有涉冬奥公共交通工具内、室外站台、排队候车区，禁止吸烟。

赛事工作时：每次进入场馆前都要做好体温监测的准备。如果体温为≥37.3℃，将进行第二次测温确认。如果体温依然为≥37.3℃，则不允许进入场馆。将被带到就近的发热门诊做进一步排查诊治。每次进入场馆前都要扫描北京健康宝，显示绿码方可进入。将在奥运会期间接受定期（每两天一次）的新冠病毒鼻咽拭子核酸检测。检测的时间和频次将实时调整。检测将在指定的检测机构进行。检测结果将及时高效处理，并根据个人健康情况认定。咨询专家组将制订相关方案，对复杂病例的结果进行解释，也可请该小组对复杂病例提供解释。如果在赛事工作期间有新冠肺炎的任何症状，请及时到医疗机构就诊排查，如果不能排除罹患新冠肺炎或其他传染性疾病，请勿参与赛事工作。请立即报告场馆负责人，并到定点医院发热门诊就诊排查并及时报告。尽可能减少接触，如拥抱、击掌和握手。与运动员保持2米距离，与其他人保持1米距离。按指定的区域和流线活动。尽量避免进入密闭空间以及人员聚集。非必要情况下，避免长时间待在无法保持社交距离的空间里。避免在电梯内等拥挤区域对话。

保持良好卫生习惯，时刻佩戴口罩。戴口罩前应先清洁双手，避免触摸眼睛和口鼻。尽可能用肥皂和流动水清洗双手30秒以上，或者使用洗手消毒液。口罩潮湿后应立即更换。面屏不能作为口罩替代品，只能用于预防眼部感染或在无法佩戴口罩时使用。咳嗽时用口罩、衣袖或纸巾遮挡。将用过的纸巾／一次性口罩／口罩过滤器扔进垃圾桶。勤洗手，每次彻底清洁双手30秒以上，最好使用肥皂和流动水，否则需使用洗手消毒液。

避免大喊、欢呼和唱歌——可在比赛中用其他方式来表示支持或庆祝，如拍手。

交通防疫管理：乘坐公共交通工具时注意与他人保持社交距离。乘坐期间建议佩戴医用外科口罩或医用防护口罩（N95），尽量减少交谈。

闭环外人员经批准后、确需进入闭环内区域时，应根据赛事和疫情防控需要，且在不影响赛事、媒体转播等前提下采用二级防护，按特定流线进出特定区域。二级防护定义是指针对传染病防控所采取的防护级别之一，具体防护用品包括防护服、医用防护口罩、护目镜、一次性医用橡胶检查手套、一次性鞋套和帽子。

赛事工作结束后，请和共同居住人员继续做好14天自我健康监测，如有异常及时就诊并报告。

闭环内管理范围包括机场、火车站、集中驻地（冬奥村／冬残奥村、签约酒店、工作人员驻地等）和工作场所（训练场馆、竞赛场馆、颁奖广场、主媒体中心等）的封闭区域以及专用交通工具等。闭环内人员接受每日健康监测及定期核酸检测，仅允许在指定区域内活动。采取集中住宿、点对点交通，严禁与观众及社会面接触。

闭环内区域实行严格封闭管理，严格限制涉冬奥场所闭环外人员进入闭环内。所有闭环内人员均按照活动计划，仅参加经批准的活动，不要前往不必要的场所。

尽管采取应尽的措施，风险和影响仍不完全排除；并且每名志愿者同意自行承担参加冬奥会和冬残奥会的风险。为减轻风险和影响，这些措施是适度的，组委会希望得到涉奥人员的全力支持，遵守这些规定，确保冬奥会安全举行。不遵守规定者，可能影响进入奥运会场馆的权限，也不能继续参与赛事相关工作。

中华民族，将用"北京冬奥"这一实际战例告诉全人类，灾难面前，只有命运与共，团结协同，方能善始善终。

以美国为代表的西方国家将新冠病毒溯源问题政治化，丝毫不顾及世界卫生组织专家团队在中国调查的结论，公然违背医学科学精神，企图污名陷害中国——引起世界哗然。

这使人想起这个星球上曾经多灾多难的历史：

八国联军入侵中国，火烧北京达数月之久……

日本侵占中国达14年……

美国在联合国出示一袋洗衣粉打得伊拉克民不聊生……

以莫须有的借口，轰炸我驻南斯拉夫大使馆……

现代网络媒体高度发达，这世界上任何一个角落发生的事都被迅速公之于世。

朝鲜战争、越南战争、伊拉克战争、利比亚战争、科索沃战争、阿富汗战争，所有的动荡之地，都有美国的身影。

人们不禁要问：这到底是为什么？美国到底想干什么？

话题重新回到新冠病毒。

世界卫生组织已经在中国展开调查并得出结论。美国人为什么不认？为什么反复纠缠要继续来中国查源？为什么又不让世卫组织去美国查？

中国外交部三位发言人的著名九问代表了所有正义者的质问：

2020年5月8日，华春莹问："关闭德特里克堡生物实验室的真实原因是什么？""美方可不可以开放德特里克堡生物实验室和分布在世界各地，包括乌克兰、哈萨克斯坦等地的生物实验室接受国际独立调查？"

2020年6月11日，华春莹再问："德特里克堡生物实验室关闭与电子烟疾病、大流感和新冠肺炎疫情之间究竟有什么关系？""为什么美方科学家迄今还没有对此进行深入的、科学的调查研究？为什么到现在美国的媒体都没有对此进行深入的、独立的调查报道？"

2020年7月6日，赵立坚问："美国政府关闭德特里克堡生物实验室的真实原因是什么？"

2020年7月22日，汪文斌说："我们希望美方能够就德特里克堡生物实验室等问题说明真相，给美国人民和国际社会一个交代。"

2020年10月16日，赵立坚再问："针对国际社会一直存在关切的德特里克堡生物实验室、电子烟疾病等问题，美方是不是可以尽早给个说法，给包括美国人民在内的各国人民一个满意的交代？"

2021年1月4日和18日，华春莹三问："美方为什么迄今不邀请世界卫生组织派专家去美国开展实地调查？""如果美方真的尊重事实，就请开放德特里克堡生物实验室，并就美海外200多个生物实验室等问题公开更多事实，请世界卫生组织专家去美国展开溯源调查。"

美国目前死于新冠肺炎的人数已远远超过60万人，这个国家的政府面对病毒的所作所为，全世界都看在眼里。

而且，面对这九问，美国至今没有回答。

如果人类耍流氓的行为无底线到这种地步，我们还怎么敢相信美国所谓的"民主价值"和"自由理念"？难怪很多国家政要发出声音：渐渐看清了美国自由民主的双重性和虚伪性。

面对来势汹汹的新冠病毒，中国政府和中国人民上上下下齐心协力，团结一致，只有一个念头：生命至上，命运与共。

我们从最初的混乱中镇定下来，中国政府尊重科学，尊重专家，针对疫情的发展规律很快制定出相应的防疫政策，这些政策和措施，随着疫情的发展而不断修正完善，最终形成"分级分层分控"的良好疫情防控局面。

一年多来，中国成为全世界防控疫情最好、最成功的国家。

不仅如此，中国还把防疫过程中取得的经验和教训及时呈报世界卫生组织，与全世界各国各族人民共同分享，联合抗疫，用实际行动践行我们倡导的"人类命运共同体"理念。

举国之力，求国之是。

这是中国智慧，也是中国情怀，更是中国文化。

疫情防控，最忌讳的是人群聚集。而北京冬奥，作为国际顶级的大型赛事，又恰恰是人群聚集的集中场合。

作为主办城市，北京，如何在疫情蔓延的情势下办好第24届冬奥会，这既是一道难题，也是一道考题。

而且，这道难题的难度，出乎我们的想象——美国等西方国家不仅把病毒政治化，也把体育政治化。

美国政府在积极游说其他国家组建对抗中国的联盟之余，更是无孔不入地恶意抹黑中国。而就在东京奥运会还未结束，各国运动员还在激烈角逐，并对北京冬奥会的举办充满了期待之时，美国又打起了北京冬奥会的主意。美国政客举办了一场听证会，邀请英特尔、可口可乐、宝洁等全程参与了北京冬奥会的赞助活动的奥林匹克全球合作伙伴在内的美国企业高管参加。希望这些美国企业能就北京冬奥会明确表明自己的立场。按照美国政客的意思，这些美国企业应当心向美国，全心全意地支持美国政府的决定——退出对北京冬奥会的赞助。共和党众议员史密斯大力抨击这些公司，称美国一向尊重人权，但这些公司表面上尊重人权，实际上却在帮助"侵犯人权"的国家组织举办冬奥会。史密斯甚至勒令这些美国企业在"尊重人权"和赞助北京冬奥会之间做出选择，更是直接逼问企业高管："是否同意因为存在人权问题，2022年冬奥会应该换个国家？"

史密斯这副嘴脸，被网友们嘲讽为："连内裤都不要了！"

令史密斯意想不到的是，这些美企高管均拒绝对此事表态。他们说，企业对于政府的这些"争斗"没有责任。可口可乐高管明确表示："不会对举办地做出表态。"

史密斯十分恼怒，破口大骂："可悲可耻，连冒犯中国的话都不敢说。"

不知道史密斯是否了解中国文化？中国文化里有一句警世名言："失道寡助！"

东西方文化截然不同，这恰恰是人类生命千姿百态，丰富多彩的根源，尊重彼此，相互合作，共同发展，建立"人类命运同共体",才是众生之福。

我们的领路人曾说过:"任何困难都难不倒英勇的中国人民。"

即便是八国联军烧毁北京,即便是日本蹂躏中国长达14年之久,即便是中国在濒临亡国灭种的生死存亡关头,中国人也从未屈服过,中国文化五千年来形成的智慧与韧性总会挽救这个国家和民族于危难时刻。

所以,不论何时何地,当中国国歌响起,当人们听到那"中华民族到了最危险的时候,……我们万众一心,冒着敌人的炮火,前进!"时,都会热泪盈眶。这是中国人与国与家患难相依、生死与共的情怀——

不经过中国五千年文化的浸润,哪能理解?

中华民族的文化性格是,越是艰难越向前!

国际奥委会副主席萨马兰奇表示,在目前中国遭遇困难和复杂疫情的时候,国际奥委会与北京冬奥组委坚定站在一起。我们对中国阻击疫情所展现的强大能量印象深刻,也为中国阻击疫情的高效和决心感到骄傲。我们相信,中国能早日战胜疫情。如果你们有任何问题需要我们协助,请务必告知我们。

北京市副市长、北京冬奥组委执行副主席张建东表示，在中国人民抗击新冠肺炎疫情的特殊时刻，我们通过视频会议方式协调推进北京冬奥会筹办工作，充分体现了国际奥委会对我们的理解和支持！目前，北京冬奥组委工作人员已经开始上班，大家身体状况良好，已进入正式工作状态。

张建东说："疫情发生以来，巴赫主席致信中国奥委会，表示完全相信北京冬奥会筹办工作不会受到影响；萨马兰奇先生也对中国疫情防控措施给予了高度评价，并表示对中国打赢疫情防控战充满信心。这段时间我们虽然没有见面，但一直通过电话等方式与萨马兰奇先生、克里斯托弗先生及国际奥委会同事保持密切联系，及时通报重要事项。"

其实，中国智慧，就融合在中国汉语里那千千万万的成语中，面对困难，个人有个人的解决办法，民族有民族的应对措施，国家有国家的处理政策，这其中有许多层层递进的境界：

第一层：己所不欲，勿施于人。

第二层：和睦相处，休戚与共。

第三层：人不犯我，我不犯人。

第四层：犯我中华，虽远必诛。

第五层：同气连枝，生死共存。

这五个层次就包含了中国人的人格民风和国家意志。

这五个层次，汇成一句话：举国之力，求国之是。

我不知道，那些对中国崛起心怀叵测的人，那些企图对中国围追堵截的人，那些想搅局北京冬奥会的人，他们是否明白中国这些成语的哲学含义？

如果不懂得这五种境界，如果不懂得中国人的信仰是"举国之力，求国之是"，那就去看看中国的历史，尤其是中国的近代历史：抗日战争、解放战争、抗美援朝战争……历史就是证据，结果说明一切，一切尽在不言中。

十

测试

初燃的冰雪之焰

1月的京张大地，冰天雪地，寒风呼啸。

从室内项目"冰堡"（国家体育馆）、"冰菱花"（五棵松冰上运动中心）、"冰丝带"（国家速滑馆）、"冰立方"（国家游泳中心）、"冰坛"（首都体育馆）到室外项目"雪飞天"（首钢滑雪大跳台）、"雪游龙"（国家雪车雪橇中心）、"雪如意"（国家跳台滑雪中心），绵延数百公里，组成了从北京到张家口这片北国风光中最绚丽的风景。近处的雪檐冰挂和远处蜿蜒曲折的雪道雪坡，让人情不自禁地产生无限遐思，也恍惚能体会到毛泽东主席那首《沁园春·雪》的豪迈气魄：

北国风光，

千里冰封，

万里雪飘。

望长城内外，

但下面这一句要替老人家修改了，不再是"惟余莽莽"，而是：

遍地辉煌。

"冰堡"：国家体育馆，由外立面具有凹凸质感的冰花图案玻璃得名。为充分体现冬奥会的冰雪元素，新建训练馆的外立面由863块冰花图案压花玻璃装饰，这些玻璃采用双层夹胶设计，重量是普通玻璃的2到4倍，其中最大的一块足有8平方米，重达460多公斤。夜幕降临，"冰花"玻璃配合灯光，逼真地呈现出"冰堡"效果，营造出了浓浓的冬季运动氛围，凸显冬奥主题。

"冰菱花"：五棵松冰上运动中心。"冰菱花"这个名字来源于采用格栅幕墙体系的训练馆外幕墙，斜向格栅呈45°交叉，看上去像是无数片飘落的雪花构成的场馆。这些格栅幕墙形成多层次的空间效果，使建筑外观更加含蓄，在保证美感的同时，还起到了遮阳以及节能的效果。冬奥会期间，"冰菱花"将承担冰球训练任务，通过地下球员专用通道与冰球比赛场馆五棵松体育馆相连，运动员可通过该通道往返比赛馆和训练馆。

"冰丝带"：国家速滑馆，是5大场馆中唯一新建的场馆，其设计理念来自于一个冰和速度结合的创意，飘逸流畅是它外形最大的特点，22条沿着外墙曲面由低到高盘旋而成的玻璃幕墙，就像速度滑冰运动员高速滑动时所留下的一圈圈风驰电掣的轨迹，因此叫它"冰丝带"。

"冰立方"：国家游泳中心，刚中带柔。作为2008年北京奥运会的标志性建筑，"水立方"这个名字的知名度或许要远超国家游泳中心。2022年时这里又将作为冰壶和轮椅冰壶的比赛场，水凝结成冰，"水立方"自然成了"冰立方"。

"冰坛"：首都体育馆，修建于1968年，5大场馆中的"老大哥"，此次改建后，旧貌换新姿，它在制冰系统、场馆恒温恒湿、无障碍座席、照明系统、灯光系统5大方面有了全面提升。虽然它没有绰号，但在它身后新建的国家体育总局冬季运动管理中心综合训练馆有个绰号，从高空看，这座综合训练馆为一个冰壶的横剖面，从侧面看，其外立面就像是一道道短道速滑结束后的"冰痕"，所以又名"冰坛"，是国内首个拥有两块国际赛事标准冰场的综合训练馆。

"雪飞天"：首钢滑雪大跳台，北京赛区唯一的雪上比赛场馆，世界上第一个永久保留的滑雪大跳台场地，北京新一代的时尚地标性建筑，由赛道、裁判塔和看台区域三部分组成，赛道长164米、最宽处34米、最高点60米。选手从大跳台滑下后，将完成空翻、回转等技术动作。首钢滑雪大跳台也充分考虑到可持续性以及赛后利用的情况。在设计之初就考虑到赛道将来能适用于其他的比赛项目，比如自由式滑雪空中技巧比赛，让赛道实现剖面的转化，目前已经在大跳台的主体结构上预埋、预留了一些构件，方便将来通过安装来实现赛道剖面的转换，在技术成熟的情况下，预计24小时之内就能完成这两种运动的转换。冬奥会后，首钢滑雪大跳台还可举办包括演唱会在内等各种娱乐活动，夏季跳台可改造成水上乐园及适合举办其他城市体育运动的场所。大跳台项目对整个冰雪运动的推动，作为将来的国际比赛、洲际比赛、国家队的青少年培养基地，以及运动本身的研究和发展都具有非常积极的作用。

"雪游龙"：国家雪车雪橇中心，位于北京延庆区西北部，将作为雪车、雪橇比赛场地，距离奥运村1千米，行车5分钟，赛场提供观众座席2000个和站席8000个。国家雪车雪橇中心位于北京2022年冬奥会延庆赛区西南侧，是冬奥会中设计难度最大、施工难度最大、施工工艺最为复杂的新建比赛场馆之一。赛道分为54个制冷单元，全长1975米，垂直落差超过121米，由16个角度、倾斜度都不同的弯道组成。赛道建成后，将成为世界第17条、亚洲第3条、国内首条雪车雪橇赛道。

"雪如意"：国家跳台滑雪中心。"雪如意"是世界上首个在顶部出发区设置大型建筑物的跳台滑雪场地，是世界上最具设计感的跳台滑雪场馆，还有世界上最长的跳台滑雪赛道。跳台滑雪赛道的S形曲线与中国传统吉祥饰物如意的曲线非常契合，很自然地让人想起"雪如意"的创意。"雪如意"可以说是建设绿色低碳可持续场馆的典范。在春季，"雪如意"赛道上大量的积雪会融化成水，并沿山势形成溪流。通过场地高差，积雪融水将被汇集到在附近建设的一个容量达20万立方米的蓄水池。"雪如意"地下建有硅砂蜂巢雨水自净化系统，积雪融水和雨水净化后，可以再回用于场馆及其周边的日常用水，浇树、冲厕等，甚至下一个冬天还可以用来造雪。"雪如意"海拔高度1749米，总长度为14189.70米，山底观众区共设置座席4850个、站席5000个。"雪如意"与"冰玉环"相连，赛时观众通过检票点后走上"冰玉环"，右转可步行至国家越野滑雪中心，左转可前往国家跳台滑雪中心和国家冬季两项中心。从检票点到"雪如意"的步行距离大约400米。按照V3版场馆人员计划，在这片区域，一共有501名志愿者参加服务。

是的，这些北京冬奥会竞赛场馆，根据北京冬奥组委制定的"相约北京"测试计划，正在全面开展各项比赛的试测——

若能肋下生双翼，飞上九天看长空。

如果我们能翱翔高空，俯视京张大地，我们就能看到这样一片景象：各个场馆人来车往，一派繁忙；赛道上运动员们的身影风驰电掣；场内场外，各业务领域的工作人员都在紧锣密鼓地开展自己的测试工作，手中的对讲机在各个场馆此起彼伏地响起。

让我们来撷取几个情形。

情形一 ——

时间：2021年2月3日，9：00。

场馆指挥中心工作人员到位运行。

VCC（指挥中心）开始场馆点名："VCC呼叫竞赛主任，收到请回答，完毕！"

"竞赛主任收到，完毕！"

"VCC呼叫医疗经理，收到请回答，完毕！"

"医疗经理收到，完毕！"

"VCC呼叫安保经理，收到请回答，完毕！"

"安保经理收到，完毕！"

"VCC呼叫VOC经理，收到请回答，完毕！"

"VOC经理收到，完毕！"

"VCC呼叫防疫经理，收到请回答，完毕！"

"防疫经理收到，完毕！"

各业务领域经理确认所属演练人员、设备等准备工作全部就绪。比赛开始，各业务工作迅速展开。

突然，一名运动员在滑行中摔倒。

点位志愿者在手台中焦急地报告："3号位有运动员受伤！3号位有运动员受伤！"

竞赛主任的声音立即在各手台里响起："3号位有运动员受伤！3号位有运动员受伤，请紧急救援！请紧急救援！"

此时，时针正指向9：35。

就近的赛道NTO发现运动员摔倒，第一时间向竞赛裁判长报告："裁判长，一名运动员摔倒，位置在'竞技赛道'底部转弯处，需要救援，完毕！"

裁判长："收到，完毕！"裁判长立即中止比赛，暂停后续运动员出发，并确认赛道内无其他滑行运动员，向救援指挥室发出救援指令："救援队，一名运动员受伤，位置在'竞技赛道'底部转弯处，立即实施救援，完毕!"

救援指挥室里,医疗经理回答:"收到,完毕!"

场馆医疗官／医疗经理立即向赛道救援队发出救援指令:"请立即展开救援!"

竞赛主任向分管副主任和VOC报告:"VOC,现一名运动员摔倒受伤,伤情不明,现救援队已开始实施救援,完毕!"

VOC经理:"收到,完毕!"并立即将情况向场馆主任报告。

赛道救援队立即实施紧急救援,受伤运动员被快速送达医疗站。

受伤运动员撤离赛道后,救援队向指挥室报告:"指挥室,运动员已撤离赛道,可以恢复比赛,完毕!"

指挥室:"收到,完毕!"

救援指挥室向裁判长报告:"裁判长,受伤运动员已撤离赛道,可以恢复比赛,完毕!"

裁判长:"收到,完毕!"

裁判长组织检查赛道,恢复比赛。

竞赛主任:"VOC,受伤运动员已转至医疗站,现已恢复比赛，完毕!"

VOC："收到，完毕!"

VOC将恢复比赛信息向场馆主任报告。

指挥室："请区医院做好接收伤员准备。"

区医院："收到，已做好准备，完毕!"

时间指点：10：15。

情形二——

11：10，一名NTO人员自感不适到医疗站就诊，复测体温超过37.8℃。

医生立即抓起电话："医疗经理，医疗站一名就诊人员体温超过37.8℃，已采取初步防护措施。"

医疗经理立即呼叫："防疫经理，结束区医疗站一名患者体温超过37.8℃，请协同处置。"同时向分管副主任汇报，并向VOC报告。

VOC立即向场馆主任报告。场馆主任下令按预案启动疫情应急处置。

病员隔离转移。

现场消毒。

密接者隔离。

继续排查溯源。

交通、餐饮、医疗、住宿……所有的环节，逐一测试和演练。

情型三——

北郊某机场，值班室里，语音器突然接连不断响起：二号赛场一运动员在3号坡道摔伤……五号赛场一运动员在大拐弯处撤出赛道……七号赛场一工作人员突然晕倒……

数架直升机腾空而起，飞向不同的高山场馆。

各路应急方案迅速启动，场馆、直升机、后方医院，空中联络瞬间打通。

首钢园区里，北京冬奥会总部调度大厅的监控屏幕上，所有监控位全部打开。

二号赛场屏幕上：

之一，伤员被赛场医护工作者抬上担架，送到场外。

之二，救护车接到伤员，迅速采取初步救治措施，驶离。

之三，直升机稳稳停靠在停机坪，救护车驶入，伤员被抬下救护车，进直升机，直升机起飞，离去。

之四，医院，直升机到来，医护展开……

五号赛场屏幕上：

直升机直接飞到赛场上空，降下绳梯，伤员连同担架被梯绳固定，起吊，伤员进入机舱，直升机掉头离去……

模拟是思路，是预案。测试的目的，就是发现问题，解决问题，为正式比赛扫清所有障碍。

测试结束，各场馆志愿者们把存在的问题梳理成册，上报部机关，并结合场馆实际情况和自身感悟，提出了相关意见建议。

共发现了服务保障类、基础设施类、其他类、人员管理类4大类36个问题，其中延庆赛区发现服务保障类、基础设施类、其他类3大类18个问题，张家口赛区发现服务保障类、基础设施类、其他类、人员管理类4大类18个问题。

雪道刺眼，容易对眼睛造成伤害。建议配备墨镜或墨镜夹片。眼镜起雾结冰，建议科学寻找防眼镜起雾的有效方法，如防雾湿巾、防雾眼镜布、防雾喷剂、双层口罩、海绵鼻托等。

风吹证件如"刀片"容易伤人伤己。建议优化服装设计，设置透明证件袋或合理设置证件带，使证件可在衣服外围固定，不被吹飞。

户外工作脚部最先寒冷，手套不易操作手机，制服支撑时间最长1小时。建议服装设计特别是鞋帽手套要针对使用区域气候条件，兼顾保暖和实用性，服装建议轻便保暖，鞋防滑、轻便、自发热，手套保暖、轻薄、可操作手机（或配备电容笔）。

户外手机耗电量不一，影响赛时联络。建议叮嘱所有志愿者使用手机耳机通话，确需长期户外使用手机，配发类似"保温手机壳"以及抗低温充电宝。

高山室外风速较大，隔离引导设施易被风吹倒，隔离胶带易被吹断。建议对部分需长期设置的隔离设施（如铁马栅栏）进行固定或增加配重，非长期设置的隔离设施改为防断、防倒、能开合的设施（如伸缩隔离带）替代。

高山场馆室外地面不平，雪后地滑，楼梯台阶颜色一致，容易发生危险。主要包括：竞技结束区3层地面不平，铺上防滑垫后不易发现，容易崴脚；部分地面为大方砖，下雪情况下，斜角度落脚易滑；部分地面方砖损坏但是没有明确提醒标志，下雪覆盖更加不易发现；电动扶梯上梯、下梯的金属平面下雪易滑。建议相关业务领域采取相关举措进行完善。例如对竞技3层的不平地点，通过空出、设置提示标识或填补材质找平等方式进行完善。对地面滑、损坏等问题，通过铺设防滑垫，及时发现提示损坏地砖，及时更换等方式予以改善。对于台阶，通过张贴警示标识进行提示区分。

高山场馆指示性标识有待完善。测试活动期间，指示标识临时张贴，容易被风吹坏，下雪浸湿无法识别。一米线、排队标识等粘不住，全部被吹走。建议充分考虑气候因素，选用适当材质适当方式，合理设置指示性标识（如对于一米线等建议赛时可用类似"停车线"的方式"画"在地面或其他形式，保证标识长久保持），赛时安排相关业务领域及时清理积雪，制定临时标识快速安装流程。

高山滑雪中心测试活动暂时没有发现临建卫生间，卫生间均在室内，赛时无法满足观众需求。无障碍设施需进一步完善。建议结合观众流线和规模，合理设计设置卫生间，满足观众需求。对于无障碍设施，进一步设计细化无障碍流线和相关设施设备，保障无障碍流线符合疫情防控和通行需求。

雪车雪橇中心1号路、5号路人车混行，观众从落客区到达观众步行道路需穿越两条马路，存在安全隐患。建议1号路和5号路设置固定硬隔离设施，区分车道和观众步行道，步行道用活动铁马设置间断性的隔离设施，区分上下路；在观众过马路区域设置交通信号灯，施画斑马线，安排交警负责车辆管控；落客区停车场、5号路增加夜间照明设施。

核心区枢纽雪车雪橇中心上落客区停车场、1号路、5号路没有照明设施，赛道伴随路照明不够。建议核心区枢纽雪车雪橇中心上落客区停车场、1号路、5号路增加路灯等夜间照明设施，赛道伴随路照明设施要满足观众等客户安全通行需要。

雪橇中心赛道伴随路宽度约5米，且人车混行，特别是观众和救护车的流线混淆，如若遇到观众密度大，或在赛道弯道处等最佳观赛点观众聚集，既会给医疗救援带来困难，同时存在安全隐患。建议在观众容易聚集区域设置隔离设施，增加引导和秩序维护志愿者数量，避免人员聚集，影响救护应急车辆正常通行。

雪车雪橇中心涵洞观众进场通道宽度10米，进场后，即为较为空旷区域和观众站席看台，设置了观众信息亭等服务设施，人员容易聚集。但是通往观众主广场通道宽度仅为4米，且台阶较多，大客流时有可能发生人员拥挤、踩踏事件，引发安全事故，不利于观众散场和紧急疏散。建议票务政策设置观众站席、座席、无席位三种票面。如无法细分，建议将主入口处观众站席看台改为座席看台，便于志愿者管理，减少人员聚集，避免发生危险。

雪车雪橇中心室外地面不平，赛道上翻桥台阶陡峭，为金属材质，楼梯台阶颜色一致，雨雪天气易滑，容易发生危险。建议通过张贴警示标识进行提示区分，上翻桥区域加强夜间照明。

雪车雪橇中心出发区的观众站席看台没有划分区域，会对志愿者管理造成很大压力，疫情防控形势下容易产生人员聚集。建议出发区站席通过设置硬质隔离、铁马栅栏等方式划分区域，减少人员聚集。

高山滑雪中心运力配备有待完善。受天气影响，缆车低速运行（每秒1.5米，正常速度每秒6米），退场时间较长（210人退场用时23分钟），"观众"受冻时间较长。由于是组织观众，未发生抱怨。

通过测试发现，大风天气下，公共交通运力优于缆车运力，并且有"观众"恐高拒绝乘坐缆车。缆车每秒1.5米至6米，2400人退场时间约为4小时至1小时。公共交通9米大巴车5辆一编组，2400人退场时间为2小时。缆车和公共交通同时开，2400人退场时间为1.5小时至40分钟。在缆车和公共交通同时开的情况下，突遇大风或恶劣天气致使缆车停运，2400人退场时间不会超过2小时，综上所述：建议合理配备运力，可由公共交通作为主要运力，进退场时（包括日常和恶劣天气）持续保持运行。

高山滑雪中心退场控制与运力匹配度有待完善。竞速结束区退场时，"观众"被拦截在一层排队，发现有车辆继续上人，发生抱怨，不听从引导，直接走向集散广场，致使被迫在集散广场等候。

通过测试，5辆9米大巴车运力约160人，210人退场时出现了"观众"滞留集散广场。建议看台每个区域

（站或座）人数设置与公共交通运力设置相匹配，并在看台区域由赛事服务与安保共同进行退场控制，每次放行与公共交通运力相同的观众，由体育展示负责退场开始至观众全部离开看台期间的观众互动。一是避免过多观众涌下看台，集中聚集在集散广场4层上落客区或竞速1层以及1层至2层楼梯（退场中段拦截观众引发观众较大抱怨并冲卡）；二是看台放行控制，可通过观众互动等吸引观众，减少观众对等候时长的感觉、抱怨；三是最节省人力，每层楼梯风险最小。如果可能，建议无论何种情况，均能保障"车等人"，停车场始终有车，可有效减少退场压力及观众抱怨，增强恶劣天气等极端天气抗风险能力。

软性验票如在通道口，在符合疫情防控1米安全距离前提下，发现错票无法及时进行有效拦截。验证同理。

建议同防疫和票务进行会商，满足安全距离的同时，对发现的错票（证）人员进行有效"拦截"。措施建议：一是软性验票（证）只看对错，不"拦截"，在相隔3米—5米左右距离，设置"拦截"岗，对票（证）错误观众进行"拦截"并通过预设通道返回，如果肉眼看票（证）容易距离过近，不符合防疫要求，可改为类似"测温"的方式验证验票。以上措施优点：设备投入少。缺点：人员需求量大，基本是目前验票（证）人员的2倍，空间需求较目前增加1倍，还有可能距离过近，不符合防疫要求。二是将所有环节验票（证）均改为闸机验票（证），志愿者只负责协助处理发现的问题。以上措施优点：人员投入可以减半，节省空间，完全符合疫情防控要求，体现科技冬奥，避免强行闯入。缺点：成本投入较大。以上防疫相关措施，最终以防疫部门相关规定为准。

古杨树场馆群由于经费所限，没有单独对赛事服务志愿者进行激励保障。建议正赛期间加强对赛事服务工作人员的激励保障。

由于古杨树场馆群车辆保障有限，导致赛事服务志愿者过早到达场馆而不能及时上岗，部分志愿者出现疲劳和倦怠情绪。建议正赛期间相应增加志愿者保障车辆，由于志愿者上岗时间各不相同，建议志愿者的车辆尽量做到点对点，更加精准化。

按照冬奥V7版赛程，云顶场馆群上午比赛有18场，志愿者赛时需提前3小时到岗，再加上往来路程，需要早上4点左右就得起床，容易疲乏或者引发身体或心理疾病；且雪上场馆，受天气影响较大，赛程易调整，往来路程过长，恐不能及时到岗，进而影响赛事需要；冬季路况受到雨雪、大雾天气影响较大，存在很大安全隐患。建议：就近住宿或早班志愿者就近住宿，加强团建和志愿者激励；与相关各业务领域提前沟通。

极寒天气，志愿者室外工作条件艰苦。建议：提供热饮、提供保暖物资、配套室外工作物资（如护目镜、防滑鞋及反光条号坎等）；调整志愿者轮岗时间。

古杨树场馆群三个竞赛场馆的座席、站席区域划分与OB5.0不相符，座席是否安装座椅尚不明确。建议场馆业主单位、设计单位和规划建设部、场馆管理部尽快明确席位区域并落图，同时尽快明确场馆座椅是否安装，是否为观众提供坐垫，由谁来提供坐垫。

古杨树场馆群三个场馆的赛事服务相关基础设施，比如取暖棚、信息咨询处、失物招领处等尚未建设，导致工作点位无法清晰测算。入口集散广场尚未建设、冰玉环及交通单元、冰玉环与各场馆连接处尚未完工，导致测试活动期间尚未投入使用，观众进退场流线以及时长不能精准测算。建议业主单位加快建设相关设施，待实施完善后组织相关赛事服务业务领域相关志愿者参与测试。

云顶滑雪公园观众退场候车时间长，容易引发抱怨。建议在丽苑公寓和主入口落客区建设候车暖棚。

云顶滑雪公园障碍技巧及障碍追逐比赛现场观众观赛视角不佳。建议：规划最佳观众席落图，或增加梯形站席，提升观赛体验感，建设大屏幕，改善观赛画面；播放观赛指南，引导观众文明观赛。

云顶滑雪公园空间设施较为集中，容易发生聚集。建议合理规划暖棚、特许经营处、餐饮部、信息亭及失物招领处等空间设施布局。

云顶滑雪公园场馆内卫生间少，且雪上场馆易发生故障。建议：厕所内粘贴提醒标语；在主入口区、丽苑公寓候车区建设无障碍卫生间、母婴室；在场馆内或关键位置增加移动厕所，便于移入移出和应急。

引导标识较少。建议增加醒目引导标识；提升志愿者引导业务能力，增加场馆内外信息培训；关键点位增加扩音器提醒。

按照疫情防控要求，本次古杨树场馆群测试活动没有观众，赛事服务团队也大幅压缩人员，因此锻炼队伍、磨合机制的测试没有完全达到目的。建议正赛前能够再次组织赛事服务业务领域参与测试工作。

云顶滑雪公园C场馆观众进退场流线存在人车混行问题。建议：交通业务领域在关键点位安置可控式红绿灯或交通管制。

云顶滑雪公园进退场流线坡度大，观众步行到达场馆室外时间长；无障碍需求观众通行不便。建议中间路段建设临时性暖棚供观众避寒；移动服务站增加观众助行福祉车，增加助行工作点位。

云顶滑雪公园进退场客流不易管控。建议退场前，需要志愿者组织分区分批退场，提前设置围挡，在重要位置（如各场馆正面拍照留念位置）安置扩音器或增加引导点位，提示观众不聚集和长久停留；增加运力和交通管制，让观众尽快退场。

云顶滑雪公园因天气原因或突发情况导致赛程发生调整。建议及时安抚观众，积极开展互动和信息更新，及时联系体育、票务及媒体开展后续工作，减少负面舆论，适当发放安抚物资。

疫情防控期间，不坚持佩戴口罩。建议增加疫情防控宣传，避免志愿者直接接触观众，如安检协助点位，可以闸机验票，减少软性验票；增加扩音器提醒。

古杨树场馆群赛事服务工作长期在室外，工作点位多，气温低，强度大，容易出现身体和心理的波动。建议人员数量要充足，人员定期培训心理疏导，物资保障到位。

各场馆的志愿者们，不仅找出问题，给出建议，他们还收集整理数以万计的基础数据，既支撑自己的观点，又为相关专家进行科学分析提供有力的证据。

譬如：

观众从6层步行至1层每人约2分30秒；

竞速结束区5辆9米大巴车，运力约160人（非隔位就座），退场开始至乘车完毕用时约8分钟；

竞速结束区210人同时退场，均从东侧下行，无严重拥挤情况，运力不足时，剩余40余人竞速结束区1层可容纳。

　　竞速结束区早7点，-7℃，天气晴朗，风速2米／秒，阵风5米／秒。大风天气下，公共交通运力优于缆车运力，并且有"观众"恐高拒绝乘坐缆车。缆车每秒1.5米至6米，2400人退场时间约为4小时至1小时。公共交通9米大巴车5辆一编组，2400人退场时间为2小时。缆车和公共交通同时开，2400人退场时间为1.5小时至40分钟。在缆车和公共交通同时开的情况下，突遇大风或恶劣天气致使缆车停运，2400人退场时间不会超过2小时。

　　……

中国为什么能做大事？为什么能把大事做好？

这些文字和数据就是答案。

这些文字和数据看上去枯燥乏味，没有任何文学气息，但作为非虚构的作品，恰恰是这些实实在在的文字和数据，让我们看到中国这些年轻一代的志愿者兢兢业业的姿态，看见他们对职业的热爱，对工作的热情，以及这份热情态度里的家国情怀。

近20天的雪上和冰上项目测试活动圆满结束。这是一次预演，以查找问题为目的。

按照部领导的要求，测试赛发现的所有相关志愿者工作的问题要在正赛之前彻底解决，不仅如此，各业务领域还要未雨绸缪，借鉴之前中国举办大型赛事活动中志愿者工作的经验和教训，把测试赛没有暴露出来的问题解决在萌芽状态，提前预判，未来先知。

两位副部长立即召开各自分管处室的业务会议，拟定各项工作的时间推进表。

我想起综合处杨婷和吴祖英那来去如风的急促的脚步声。从今往后，她们的步点可能会变得更加急促。

不是一个人在战斗

李品，来自中央民族大学附属中学，学校党委副书记、纪委书记，是北京（延庆）颁奖广场的志愿者经理。李品说："很难想象，我与冬奥走得如此之近，而且能参与其中最重要、最具特色的冬奥颁奖工作。"

李品自小在南方长大，冬季偶尔会下雪，可雪花落地后很快就会融化；河面上偶然会结冰，可就算大气最冷时结的冰，也只是薄薄一层，不会有上冰的机会。那时候，关于冰雪运动他知之甚少，唯一的印象是当年被誉为"冰上蝴蝶"的陈露在冰上的精彩表演和在冬奥会上拿到奖牌时的激动与兴奋。

2000年，李品来北京上学，真切感受到了北方的寒冷，第一次发现夏季碧波荡漾的颐和园昆明湖水会在冬季被冻得严严实实，也第一次体验了滑冰的乐趣。后来在北京工作定居，李品常常在冬季带着孩子到冰场滑冰、去雪场滑雪，孩子们满头大汗地在冰雪上玩耍与欢笑，李品看到了原来冰雪是"文明其精神，野蛮其体魄"的重要形式。

2015年，北京申冬奥成功，成为目前唯一的"双奥之城"。

2016年，李品从大学到附中工作。从那之后，一方面时常有国家领导人关于冬奥会指示、冬奥倒计时活动、冬奥吉祥物发布等官方的报道，另一方面中小学大张旗鼓开展冰雪活动，开始招收冰雪特长生，李品真切感受到周围工作因冬奥发生的变化，但从未想象自己会有机会直接参与奥运工作。

2020年底，中央民族大学组织部部长打电话问李品："是否愿意代表学校参与冬奥会，负责场馆志愿者的管理工作？"李品毫不犹豫地答应了，兴奋和激动油然而生。

分管团委工作的大学党委副书记找李品谈话，特别强调："中央民族大学是一所讲政治的大学，历次的重大活动都会见到民大师生的身影。冬奥会是总书记高度重视的大事，学校除了派出你专职从事冬奥工作外，还将派出志愿者等人力支持，同时在后勤、经费等多方面给予保障，希望你能代表学校全力服务好冬奥会，向世界展示新时代的中国形象。"

学校领导给李品的鼓励，让他深深地感受到组织上对冬奥工作的重视、对他的信任和寄予的厚望，而且在各方面给予支持和保障，虽然派出他一个人直接参与冬奥工作，但不是他一个人在战斗。

民大附中党委班子更是第一时间对李品的工作作出调整，让李品全身心投入到冬奥的筹办工作中。作为寄宿制的高中，面对来自全国各地的各民族未成年学子，管理工作事无巨细，管理工作难度大，又赶上招生、高考等最忙的特殊时期，但班子成员还是各自帮李品承担了他分管的工作。

同事们的大力支持，让李品同样感受到：冬奥工作，不是他一个人在战斗。

奥组委志愿者部2020年底就开始进行志愿者经理的培训。北京（延庆）颁奖广场作为非竞赛场馆，运行团队的成立时间也相对较晚。直到2021年4月中旬的一个深夜，李品接到场馆秘书长的电话，电话那头声音明显疲惫，同时夹杂着呼呼的风声，秘书长说："我此时到奥组委刚7天，虽还没有正式任命，但每天都在加班学习和积极推动场馆各项工作，李品，你是不是可以上岗？"李品回答："没问题。"此时已经是夜里11点多，秘书长才从办公室出来准备回家，这种敬业精神让李品钦佩不已，原来冬奥筹备的背后有很多人都是在夜以继日默默地付出。

李品是较早进入北京（延庆）颁奖广场运行团队的，在多数业务领域经理还没有到位的情况下，这里的每一个人除了做好本业务领域的工作，还要同步推进其他工作。后来团队逐步组建，来的人也越来越多，有像李品一样来自高校的，有来自企事业单位的，有来自供应商团队的，也有导演和演职人员，等等，虽然只是一个临时团队，但这里的每一个人都在卖力地工作、反复地推演、仔细地推敲，每一个人都明白"一刻也不能停，一步也不能错，一天也误不起"的总体要求，更明白北京颁奖广场作为赛时获奖运动员高光时刻的呈现，每项工作都要精益求精、万无一失。全体北京颁奖广场运行团队齐心协力、精益求精的筹备精神，这里所有人的敬业与付出都告诉李品，冬奥不是他一个人在战斗。

参与冬奥工作之后，照顾家里的时间也越来越少了，妻子及其父母承担了照顾两个孩子和更多的家务，默默地呵护着家、支持着李品。承受病痛4年多的父亲听说儿子能参加筹备冬奥工作，更是心情舒畅了许久，总是问李品工作累不累、冬天在户外工作是不是很冷、是不是能从电视上看到李品……激动之心比李品还要强烈。7月初，场馆团队正式集中办公的第一周，已是癌症晚期的父亲还是永远地离开了。从老人到孩子，家里人给了李品巨大的鼓励和支持，李品没有理由不努力，也没有理由不去多奉献，李品正是带着这样的信念和力量参与冬奥筹办工作的。

李品说："冬奥工作，真的不是我一个人在战斗。"

距离北京冬奥会开幕还有150多天，筹备工作紧锣密鼓，已经进入最后的决战决胜阶段。李品作为北京（延庆）颁奖广场的志愿者经理，并不是一个人在战斗，232名志愿者与他并肩，650名运行团队人员与他携手，还有家人、同事等更多人与他同在一个战壕，共同形成的向心力和凝聚力，终将会为全世界奉献一次"精彩、非凡、卓越"的奥运盛会。

届时，颁奖广场上，将会一遍又一遍响起人类最壮美的歌声。

志愿情怀即家国情怀

还记得前面"奥运即国运"小节中提到的那个来自人民大学的志愿者经理丁莉婷吗？在这部书快要结束的时候，我把她的故事再续写出来，既是文本结构上前后照应，又是把她作为冬奥志愿者代表，或者说是志愿者团队的一个缩影，让人们看看志愿者工作的心路历程。

2021 年 4 月"相约北京"测试活动前的那段时间，丁莉婷的身体状况不太好，体检中发现了一些问题，需要做个手术。但因为测试活动临近，丁莉婷刚刚进入场馆时间不长，每天有大量的工作要开展，日程排得满满的，始终没能抽出时间去手术。家人一直在反复催促，终于在"三八"妇女节这个"节日"做了手术，因为下午有半天休息时间。医生要求丁莉婷术后休息观察，可她看着备忘录中满满当当的工作任务，第二天就回到了岗位。家人说她不知道爱惜自己，甚至为此有些生气，丁莉婷跟家人说："测试活动马上就要举办了，虽然我只是一个普通的工作人员，但我休息的每一天都可能会耽搁很多工作，我内心不安啊。"家人听后，再无他言，只是对她说："注意身体，别太累，我们支持你！"然后给她做了一顿丰盛的营养餐。就这样，带着尚未愈合的伤口，丁莉婷连续工作在岗位上，直到测试活动顺利结束。这期间虽然有伤口的阵痛、有满额的虚汗，但她内心是开心与踏实的，她在用自己的努力坚守着她关于奥运的初心。

　　一转眼，丁莉婷参与冬奥工作已近一年，这一年不仅是她个人工作内容和角色的转变，她的家人也和她一起从冬奥的"观众"逐渐成为冬奥队伍的一员，以他们自己的方式为冬奥助力、加油！丁莉婷的女儿今年5岁，自从丁莉婷开始做冬奥相关的工作后，就打乱了原来和她相处的节奏，再没有寒暑假的陪伴、加班的频率越来越高、接送的次数越来越少……测试活动期间，几乎连轴转，丁莉婷连续很多天都见不到女儿。一天晚上10点多，家人打电话来说小姑娘要跟她视频，见不到妈妈就不睡觉，视频接通的一刹那，小姑娘一下子哭了出来："妈妈，我要妈妈，我要妈妈！"丁莉婷瞬间泪崩，无法控制自己的泪水。她安慰女儿说："妈妈在工作，妈妈工作完就回家，你先乖乖睡觉，明天早上就能见到妈妈了。"可丁莉婷知道，明天又会是迎着晨曦出发的一天，那时的女儿还在梦中。

　　时间就是有无穷的魔力，女儿慢慢适应了丁莉婷的工作节奏，一个休息日的早上，女儿见她没有急急忙忙地准备出门，问她："妈妈，你今天不去冬奥吗？没关系，你要是忙就不用陪我。"那一刻，丁莉婷五味杂陈——一方面小朋友已经习惯了妈妈天天冬奥的节奏，觉得妈妈的陪伴甚至成为了一种"惊喜"，莫名的亏欠感涌上心头；但同时女儿逐渐理解了妈妈对冬奥的投入与努力，并逐渐成为了支持冬奥队伍中的一个"小战友"，那种被理解与支持的感觉很温暖。

因为没有了暑假，眼巴巴盼望妈妈陪伴的心愿再一次落空。但小姑娘没有任何的怨言，懂事地在家里过着"小宅女"的生活。有一次，家人有事，实在没人带，丁莉婷急得团团转，场馆还有好多事情等着处理。小姑娘看出了妈妈的着急，说："妈妈，你带我去场馆吧，我自己看书画画，你工作就行，我不会打扰你的。"那一刻，丁莉婷什么也没说，只是紧紧地拥抱着女儿，然后带着她一起去场馆。

不到一年的时间，这个小姑娘已经成了半个"冬奥人"，孩子的眼泪变成"小冬奥人"的微笑，从不知道"冬奥"是什么到毫无条件地支持工作，虽然其中有泪水、有不舍、有亏欠，但更多的是义无反顾。也许小姑娘并不太懂冬奥的意义，但她知道妈妈的工作很重要，妈妈必须努力。丁莉婷说:"这就够了,我在以自己的方式坚守着我关于冬奥的初心,这份坚守也影响着她和我的家人们。我要感谢我家人的支持,让我可以全身心地投入到冬奥的筹办工作中。"

于丁莉婷而言,奥运是一把贯穿并影响她生命轨迹的"神奇钥匙",它带着丁莉婷开启了一扇又一扇门、书写了一段又一段美好的记忆。从2008年的北京夏奥会到2022年的北京冬奥会,丁莉婷的人生轨迹和角色定位在这14年间发生了诸多变化,但始终没变的是她参与奥运的梦想和服务其中的情愫。她说她是幸运的,有机会参与祖国的两次奥运会,有机会为其贡献自己的绵薄之力!当"双奥"梦想不断靠近,当志愿情结得以延续,当深度地参与奥运、融入其中,丁莉婷愈加发现自己对祖国的热爱、对这个时代的热爱、对志愿服务的热爱和对每一个志愿者的热爱!

祖国强大得圆"双奥"梦想,时代繁盛浇灌奥运花开。2001年申奥成功时,15岁的丁莉婷激动不已、格外向往,对中国举办奥运的意义只是懵懵懂懂;2008年参与其中时,深感振奋、倍感自豪,内心充满着作为中国人的幸福感和志愿者的使命感；2022年，当年过30的丁莉婷再次深度参与奥运时，更深切体会到了祖国的强大和作为中国人的无上骄傲！

没有祖国的强大，丁莉婷不可能有参与奥运的机会；没有祖国的日益强大，丁莉婷不可能实现两次参与奥运的梦想。她说："若非赶上了一个繁盛的时代，我如何能够在家门口两度参与奥运？若非赶上了一个日益繁盛的时代，我如何能够在家门口见证夏奥与冬奥的美妙联结？从2008年到2022年，我见证了祖国的日益强大，目睹了时代的日益繁盛，领略了中国从夏奥到冬奥所展现出来的愈加开放与包容的大国气度，感受到了中国在筹办过程中散发出的更加自信与从容的大国风范！"

以爱为名的志愿，以爱为岸的起航。2008年，丁莉婷是一名奥运会志愿者；2022年，她担任冬奥会志愿者经理。这是一种神奇的际遇和莫大的缘分，丁莉婷格外珍惜。从学生时代参与各种各样的志愿活动，到留校作老师后组织学生开展志愿活动，她始终对志愿活动怀有深深的热爱和特殊的情感——志愿活动是一种传递爱的方式和一种升华爱的实践，是一种无与伦比的关于爱的美好体验。而奥运志愿服务更是一项无上光荣和意义重大的工作，因为这份工作不仅是对"奉献、友爱、互助、进步"的志愿精神的诠释，更是对于祖国之爱的一种践行与回馈，因为志愿者是赛事"最美的名片"，因为志愿者代表着国之风貌、展现着国之精神，是中国与世界之间一架独特的"桥梁"。在倍感荣幸的同时，丁莉婷深感责任重大，因为这次志愿之旅不是单纯地完成志愿活动，而是一次向世界展示中国风采的实践，是新时代中国志愿精神风貌的展示，是在实践中培育爱国情怀的最佳方式，是以脚踏实地的行动塑造家国使命感的历史际遇。也许，没有深度参与其中的人并不能完全理解丁莉婷的感受，就像她每次在场馆中看到身着志愿者服装的人都想去拥抱一样，是一种由衷的、难以抑制的情感。

丁莉婷说："因为经历过我才更深切懂得这次志愿经历对志愿者们的意义，因为深爱着我才如履薄冰不敢有丝毫的懈怠，因为十几年对奥运志愿情愫的执念让我对这份工作格外珍惜与拼命努力。我会一直带着这份执念与热爱，带领更多可爱的志愿者们传递志愿之爱、培养对祖国之爱、写就对时代之爱!"

2022 年，期待冬奥志愿之旅，一场以爱为名的志愿，一次以爱为岸的起航!

志愿者就是燃烧的冰雪之焰

在测试活动志愿者工作总结大会上，中国农业大学的吕传翰是一位服务于"雪游龙"（国家雪车雪橇中心）的志愿者，他作了一段精彩的发言。他的发言让我惊讶于现在的中国年轻人对社会、对人生、对国家的认识和站位，早已超出了我们的想象。

吕传翰说："我是一个 1999 年出生的年轻小伙子，也是一名党员。2022 年北京冬奥会、冬残奥会是我国'十四五'初期举办的重大标志性活动，我们青年学子十分有幸能在庆祝建党 100 周年的重大历史节点，站在开启全面建设社会主义现代化国家新征程的历史起点上，围绕中心、服务大局，在国家重大活动中积极参与，展示青春力量，这既是一份荣耀，同时也是我们新时代青年的责任与担当。感谢奥组委给我们在校大学生一个可以服务国家重大活动的机会，感谢学校为我们提供了平台和充足的后勤保障。还记得今年的大年初六，我们的团委书记范大年老师把我们所有志愿者一路送到了延庆，一起为我们过集体生日会，让我们感受到'儿行千里母担忧'的温暖。10天测试赛之后，学校党委副书记王勇老师在我们回到学校的当天就为我们接风洗尘，同时为我们每一名志愿者都准备了惊喜——一封来自父母的信，让我们享有双倍家人的挂牵。感谢场馆的各个业务领域的老师们，是他们手把手地带我们熟悉场馆、熟悉岗位，帮助我们成为一名专业合格的志愿者。更要感谢那些在冬奥会背后数以万计为冬奥会兢兢业业奉献全部的伟大工作者们，他们在无路、无水、无电的山区，仅用3年就建设起一条国际最先进、国内第一条雪车雪橇赛道。尤其是在新冠肺炎疫情发生以来，广大建设者、管理者和运动员、教练员克服各种困难，工作不断、力度不减，各项工作有条不紊推进，再一次体现了党的领导和举国体制、集中力量办大事的制度优势，同时也激励着我们坚定理想信念，矢志拼搏奋斗，圆满完成测试活动和冬奥会的各项任务。"在本次测试活动中，志愿者都是一岗多职，不仅需要肩负志愿者领域的任务，同时也要承担其他业务领域的测试任务。吕传翰在工作之余，还会跟随别的老师一起踏勘，每天上午3小时、晚上3小时，用脚步丈量赛区的每一个角落。1.9公里，16个角度、坡度各异的弯道，各种数据都牢牢刻在每个志愿者心中，大家通过弯道就能确定彼此的位置。

农业大学的学生一直都有"把论文写在祖国大地上"的崇高追求，这些年轻的志愿者们把测试活动中的经验总结、创新的规章制度落于纸面，138页、5.8万字，凝结着志愿者对自己岗位的理解以及对整个测试活动的思考。在测试活动的10天里，他们一起笑过，一起哭过，一起布置志愿者之家，一起绘制农大吉祥物，一起开展党团日活动，一起和北航的同学们过生日……

太多的一起，把来自各地的志愿者们凝结成中国当代的青年方阵，这个方阵的形象，就是中国未来的国家形象。如果说冬奥运动就是一场"燃烧的冰雪"，那么，志愿者，就是那"燃烧的冰雪"之"焰"。

十一

祝福

在北京，一起向未来

自2019年12月5日启动全球网络招募以来，在京的外籍留学生踊跃报名参与2022年北京冬奥会和冬残奥会志愿服务。在北京冬奥组委的统一部署、相关单位提供业务指导下，通过面试选拔等程序，录取外籍赛会志愿者。外籍赛会志愿者主要来自北京大学、清华大学、北京科技大学、北京第二外国语学院等高校，分布于北京、延庆两个赛区，集中在国家游泳中心（冰立方）、五棵松体育中心、国家体育场、首钢滑雪大跳台、国家雪车雪橇中心等场馆和设施，服务于赛事服务、IOC 服务、语言服务、奥运村管理等多个业务领域。这些在不同国度、不同文化环境下长大的青年人，纷纷表达了他们对于北京冬奥会的期盼与祝福：

Anna Mao（毛嘉熹，英国，北京冬奥组委总部贵宾助理志愿者）：作为贵宾助理，我将代表着外宾对这座"双奥之城"的第一印象——我一定会将中国人的热情传递给八方来客，展现中华文明的伟大与包容！

Evelyn Liang（梁靖雯，阿根廷，国家游泳中心赛事服务志愿者）：能够加入大型国际赛事十分荣幸，我将会用最大的热情和专业技能完成力所能及之事！

Haesung Jeon（全海星，韩国，国家游泳中心赛事服务志愿者）：2018 年，我还是一名高中生，当时就读于韩国的一所高中。那时在韩国举行平昌冬奥会并面向学校招募志愿者，我得知这个消息，恨不得立即成为一名冬奥志愿者参与到冬奥会当中，可是由于我当时面临升学压力，不得不放弃那次机会。意想不到的是，我留学来到了北京大学，并在入学时得知下一届冬奥会将要在北京举办，我当即报名并通过层层选拔成功地成为一名冬奥志愿者，这也弥补了我高中时错过平昌冬奥会的遗憾。为了成为一名合格的志愿者，我接受了来自学校的培训。令我印象最深刻的一句话莫过于"Volunteer is a job not a chance."，大意是志愿者是一份职业而不是机会。这句话警醒了我，也让我深刻地反思了我过去的行为和想法。当我们成为一名志愿者的时候，就应该背负起属于志愿者的责任与担当，而不是仅仅将其视为一种机会去体验冬奥。虽然我是一名留学生，但我会用尽全力肩负起属于志愿者的责任与担当，彰显出属于中国的大国风采，也会为自己留下一个不留遗憾的"冬奥之旅"。

Yitiankate Sunescobar（孙艺甜，厄瓜多尔，

国家游泳中心赛事服务志愿者）：冬奥是国际性的盛大赛事，离不开每一位志愿者的努力，我们齐心协力众志成城，每一个人的工作都很重要。虽然志愿者人数众多，但我依然有很强的参与感。我相信，在每一位志愿者的努力下，冬奥会将完美举办！

Luciana Jin（金安娜，巴西，国家游泳中心赛事服务志愿者）：志愿服务开始前一直都被志愿者们照料着，很感恩，也会将这份感恩投入志愿工作当中，加油！工作即将开始，我已经准备好啦！

Miki Fukugawa（福川美希，日本，国家游泳中心赛事服务志愿者）：我参加北京冬奥会志愿服务的原因有两点。首先是我原本想参加2020年东京奥运会的志愿服务，但是因为疫情未能如愿，希望能够通过北京冬奥会圆一个"奥运梦"。其次，作为一名留学生，我认为只有积极地参与各类活动，才能更深入、全方位地了解中国。冬奥会是展现中国新时代面貌的重要赛事，我相信我能够从志愿者的视角对中国有不同的认识。2021年我收到冬奥会志愿者录取通知时，恰好是我开始学习中文的第十年。在我与中国结缘的第十年，我有幸获得了参与到冬奥会的服务当中的机会，迎接来自全世界的冰雪运动爱好者。这些年来，我目睹了中国飞速的变化和发展，经历了抗疫寒冬的2022年北京冬奥会，也是向全世界展现中国风貌的重要机会。一直以来，我的家人、朋友都热衷于倾听中国的新变化、新发展，了解我看到的真实的中国。冬奥会来临之际，我离开校园穿上了志愿者服装，希望我能借此机会从不同视角看到不一样的中国，并把中国的故事讲述给更多的人。

Shaoyun Chan（曾绍芸，新加坡，国家游泳中心赛事服务志愿者）：2008年，北京奥运会的举办曾令6岁的我心驰神往；现在，在北京冬奥会开幕之际，我希望能够亲自投身这次无比难得的盛会，在我所熟悉而热爱的这座城市的历史中融入自己的身影，在它发展的脉络中留下自己的痕迹。

Tory Zhang（张沐，加拿大，国家游泳中心赛事服务志愿者）：国际体育赛事是连接全世界最好的纽带。2022年北京冬季奥运会也在中国为全世界打开了一扇银白色的大门，欢迎世界宾客。作为北京大学志愿者，很荣幸能够参与其中，服务赛事、参与冰雪运动、推广体育精神，也将做好中国与国际来访者交流的桥梁，一起"更高、更快、更强——更团结"。

Alan Wang（王宇浩，加拿大，国家体育场场馆礼宾志愿者）：2008年有幸在鸟巢观看过奥运比赛，那时候的我才6岁，现在我早就不记得当时看的是什么项目了，但是我对于在现场感受到的奥林匹克精神和气氛却印象深刻。我从小也特别喜欢冰雪运动，基本上每个假期都会去滑雪，也会经常观看加拿大的冰球比赛。当我得知可以参加北京冬奥会志愿服务时，我就毫不犹豫地报名了。

Winnie Xie（谢颖儿，澳大利亚，国家体育场场馆礼宾志愿者）：荣幸之至，期待盛事。

Ji woon Sim（沈智云，韩国，国家体育场看台管理志愿者）：作为一名冬奥志愿者，虽然过程中有诸多劳累，虽然自己只是冬奥盛会中一颗小小的螺丝钉，虽然开闭幕式演出只有咫尺之遥却又无法亲眼观看，但是"既然选择了远方，便只顾风雨兼程"。我相信，凭借自己的一腔热情，我能为本次冬奥会增添别样的光彩。

Dominic kabenla Ackan（高远，加纳，五棵松体育中心场馆志愿者）：2022年北京冬奥会让北京成为世界上第一个举办过夏季奥运会和冬季奥运会的城市，让北京成为名副其实的"双奥之城"。作为一名在北京学习的热爱运动的来华留学生，我感到十分激动。因此，我想牢牢抓住这个来之不易的机会，想成为一名志愿者，参与到冬奥会中。我与冬奥的故事可以追溯到去年。一直以来，我都很关注冬奥会的相关新闻，因此得知学校在招募志愿者时，我毫不犹豫地报名了。收到面试通知之后，我既激动又紧张。我非常想把握住这个来之不易的机会，因此在面试之前我做了充足的准备。幸运的是我顺利通过了面试，在接到通知的那一刻，我的心情难以用简单的语言表述，不仅是开心激动，还有满满的期待。所以我马上就把这个好消息分享给了我的家人和朋友们。11月，我们正式开始了线上培训。一共有23门必修课和2门选修课，所有的必修课都要求必须完成，并且考试要在85分以上才算通过。说实话，对我来说这个任务还是很有挑战性的。但是通过这些课程，我不仅学到了很多有关冬奥会的历史和2022年北京冬奥会的情况，包括三个赛区（北京赛区、延庆赛区和张家口赛区）的知识，更了解了2022年北京冬奥会比赛设立的7个大项、15个分项、109个小项。我的志愿者服务岗位在北京赛区的五棵松体育中心，主要工作是负责志愿者之家的环境维护、管理布置等，也会协助志愿者进行新闻宣传，拍摄一些照片和视频。春节前夕，为了营造更加温馨的氛围，我和团队成员们一起做手工、贴春联、挂灯笼，把我们志愿者之家布置得"年味浓浓"，让志愿者们回到这里，都能感受到家一般的温暖。总而言之，为北京冬奥会加油！"冬奥有我，一起向未来"。参与2022年北京冬奥会志愿服务的经历，已经在我心中留下了难以抹去的印记，而这也将成为我人生篇章中最精彩的一页。我永远不会忘记这段经历中的每一个难忘时刻，不论是在自己的岗位上见证冬奥会顺利圆满举办，抑或是与其他志愿者朋友们共度春节。最后，祝志愿者们和大家都春节快乐，身体健康，幸福美满，虎年大吉！

Hyunsoo Park（朴贤修，韩国，五棵松体育中心赛事服务志愿者）：大家好，我是来自韩国的朴贤修。一直以来，我对冰雪运动都非常感兴趣，从小学开始学习花样滑冰，从高中开始学滑雪，每到冬季我都会愉快地参加冰雪运动。因此，我平时对冬奥会也很感兴趣。冬奥会是世界上规模最大的冬季体育赛事，如果能作为志愿者参与其中，一定能收获非常宝贵的经验。对我来说，在北京学习期间如果能有机会为冬奥会贡献力量也是非常荣幸的，所以当学校发布招募奥运会志愿者的公告时，我毫不犹豫地报名了。在赛事服务志愿者工作中，我主要负责首层看台的服务。顾名思义，我的工作是管理与引导看台的观众。从开赛前到结束后，我的任务是保障观众既安全又舒适地观看比赛。我们的志愿服务包括：比赛开始前帮助观众顺利地找到座位坐下，帮助观众愉快观赛；确认观众是否遵守防疫要求，应对紧急医疗情况，保护观众的安全；避免不当展示物出现在看台上，保障冬奥会顺利进行，等等。虽然我们的岗位工作时间比较长，工作量也比较大，但是能够为这么有意义的活动做出贡献，我相信我的付出和努力都是值得的。我工作的大部分时间都和我们小组的成员在一起。休息时间，我们也会一起踢毽子、玩砸沙包，相互分享各自国家的文化，有时我也会教他们一些简单的韩语。为了一起过春节，我们大家一起包了饺子。我们小组有一位成员还给我们每人都做了一张卡片，让我非常感动。这段时间，我们一起上班、一起训练、一起吃饭、一起休息、一起下班，收获了宝贵的友谊。在志愿服务中，我有了非常大的收获，不仅仅是在知识和能力方面，能认识这么多志同道合的好朋友对我而言也是非常珍贵的。在中国留学期间能有机会作为志愿者亲身参与冬奥会，我感到非常高兴。距离冬奥会开幕式还剩几天的时间，经历过多次在场训练，亲身体验过开幕式彩排，我感受到我们为冬奥会准备得非常充分。今天是春节，非常开心我的2022年是以北京冬奥会为起点，祝愿2022年北京冬奥会圆满成功！

Pacifique Nizeyimana（张帅，卢旺达，五棵松体育中心场馆志愿者）：大家好，我是来自卢旺达的留学生张帅。很高兴能通过这个平台与大家分享我在2022年北京冬奥会进行志愿服务的经历。我是志愿者团队的一员，主要是负责五棵松体育中心场馆志愿者之家的相关工作。在我们的日常工作中，我们会更加努力地服务于在这里工作的其他志愿者，并在本届奥运会上积极参与文化相关的交流。正如今年奥运会的口号"一起向未来"，五棵松体育中心场馆共有来自10个国家的志愿者，我们有着不同的文化背景，但我们相聚在这里都有着同样的期盼，那就是希望北京冬奥会能顺利举办。在这里，我们有机会交流各国的文化特色，也会一起更加深入地学习了解中国文化。到目前为止，我已经从各个方面了解到许多课堂上学不到的中国文化，我也会在休息时间向一起工作的志愿者伙伴们介绍非洲和我的国家——卢旺达。更加令人兴奋的是，我们当中的许多人都在北京科技大学学习，但是因为专业不同、班级不同所以之前并不认识，而冬奥会让我们在这里相识，成为并肩作战的好朋友。这对我来说也是非常珍贵难忘的回忆。最后，我想借此机会感谢中国政府、2022年北京冬奥组委会和我的母校北京科技大学。我很高兴来到这里，这个难得的机会让我留下一生难忘的回忆。我对未来的每天工作都充满期待，也迫不及待地想与我的家人和同胞分享我在北京冬奥会参加志愿服务的美好经历。

Purwasih Dewi（谢惠珊，印度尼西亚，五棵松体育中心赛事服务志愿者）：回想起2008年8月8日，第29届夏季奥运会开幕式在中国首都北京举行。那时我还在重庆师范大学上学，在学校和新闻社团的同学们一起观看了开幕式。中国的同学们很激动也很骄傲地向我介绍："开幕式是由我们国家最著名的导演张艺谋设计的。"那届奥运会开幕式上璀璨的烟花表演，开幕式主题曲《我和你》，以及身旁同学们开心的欢呼声，给我在重庆求学的阶段留下了深刻的印象，也让我十分敬佩和羡慕中国的力量。2019年9月1日，我再次回到中国，一路上根据提前准备好的地图，换乘公交地铁，不断向路人问路，感受着北京人民的热情，来到了北京科技大学，开始了我的研究生生活。后来，我得知2022年冬奥会将在北京举办，从那时起，我就一直在关注志愿者的招募信息。后来在学校的组织下，我递交了申请材料，参加了面试，过程虽然紧张，但对自己还是比较有把握的。最终，我有幸与其他来自9个国家的10名留学生成为北京2022年冬奥会志愿者团队的一员，并将服务于五棵松体育中心。进入培训阶段后，我们必须在线修完23门必修课和2门选修课，包括冰雪运动志愿者服务概述，志愿者媒体素养，残奥运动基础知识，志愿者心理调适知识与技能，中国文化及赛区文化生活，志愿者服务技巧、服务礼仪与人际沟通，安全防范技能……这些课程让我体会到，作为一名志愿者，要有无限的学习和探索精神。印度尼西亚是千岛之国，拥有热带雨林，很少能见到雪。来到北京之后，我也逐渐爱上了北京的雪，因此也爱上了中国的冰雪运动，现在课余时间，我也常常向会滑冰滑雪的同学请教，向他们学习滑冰和滑雪。我很幸运，不仅仅是因为通过了2022年北京冬奥会志愿者的选拔，更是因为这次难得的机会能让我学习和感受到冬奥志愿者的志愿服务精神。希望在接下来的工作中，我们能通过默契的团队合作，互帮互助，一起圆满地完成志愿者工作！

Roshan Shan（罗山，尼泊尔，五棵松体育中心场馆志愿者）：我想祝所有参加冬奥会的老师、家人和朋友新年快乐，阖家幸福，诸事顺遂，虎年大吉！2022年1月17日，我正式开始了我的志愿服务工作。第一天上岗的时候，我就认识了不同国家和地区、不同专业的老师和同事们。冬奥会给了我一个非常好的机会来了解中国的文化。上岗的时候，我一边做工作，一边和中国同事聊天，这让我更加深入地了解到中国的文化和语言。休息时间，我也会教他们尼泊尔语，向他们介绍尼泊尔的一些文化。今年对我来说也是十分特别的，我第一次这么近距离地体验了冬奥时刻的中国年，和同事们一起组织筹办了多项团建文化活动，比如融合拓展、中医健康义诊、猜灯谜、许愿墙等活动，还和同事们组织了大年三十贴春联、写福字等贺年活动。我第一次用毛笔写福字和新春祝福语。同事们也用尼泊尔语写了"新年快乐"，让我感受到了中国人民的友好善良和热情好客的民族文化——不论是哪个国家和民族的人，都能得到他们的尊重，体现了中国是一个礼仪之邦。这段时间的朝夕相处，让我们并肩作战在志愿服务岗位上的伙伴们成为亲密的一家人。由于疫情的原因，我已经三年没回祖国和家乡，这也是我过的第三个中国年。三年来，每次学校都会精心安排，让我们不感到孤单。这次的北京冬奥中国年，我所在的五棵松场馆的老师和同事们和我们一起在春节办冬奥、过新年，让我感动极了。有了老师和同学们家人般的关心陪伴，让我有一种回到家乡的感觉，很是感动和温馨。感谢北京冬奥会，让我有幸成为一名冬奥志愿者，加入五棵松体育中心场馆运行团队，参与人员管理和大家庭贵宾接待工作。我热爱我的工作，对北京冬奥会充满期待。我相信这次冬奥会一定非常精彩，会让全世界感受中国冰雪运动的魅力。

　　Pichchoranay La（罗雯珍，柬埔寨，国家速滑馆交通设施志愿者）：要认真说起我与冬奥，还真存在着一段奇妙的缘分，仔细想起来总感觉有一股神奇的力量在为我助力，在许多巧合促成下，我想不到自己能以留学生的身份成为冬奥志愿者，并且为我的人生之书上描写了那么一段意义非凡的故事。依然清晰地记得，小时候，我跟家人通过电视台一起收看2008年北京奥运会的隆重开闭幕式与各种赛事，同时也被当年主场馆——国家体育场（鸟巢）的独特造型所深深吸引。那时，心里突然冒出这么一个想法：能拿到北京奥运会入场券的人是多么幸运啊！我非常羡慕，毕竟他们能够真正坐在鸟巢的观众席上，与世界共同见证举办整个奥运盛会的辉煌时刻。几年后，我看到北京成为举办2022年冬奥会主办城市的新闻，内心早已按捺不住兴奋，也曾有过几番设想，要是到那时候，我能在北京那片土地上见证冬奥盛会的奇迹就好了，也算是圆了我人生中的一大心愿。不久后，我终于来到北京开始了自己全新的留学生活。首次踏上北京这片土地上的那一刻，这座充满着文化古韵又与时俱进的城市不禁让我为之倾倒，我开始期待着日后在中国留学所描绘的各种画面。同时令人难以置信的是，在我毕业之前，有幸在北京这座"双奥之城"与人们一起迎接2022年冬奥盛会的历史时刻。在2020年，一次偶然的机会接到学院的通知，国际学院的留学生能参加北京冬奥志愿者的全球招募，于是我就毫不犹豫地报名参加了。想必这缘于我幼年时对北京奥运会的憧憬，加上在北京留学期间，我一直在接受各位老师、学长学姐、热心人士的帮助，所以立志成为一名志愿者，也是我踏上这趟留学旅程上所寻找的新目标之一。这些小小的契机交织混融，就这样为我与冬奥牵上了结缘的红绳。我的心愿终于实现了，这离不开祖国与首经贸对我的悉心栽培、关爱照顾，所以我才能跨越国籍，以柬埔寨留学生、首经贸学子之名加入到北京冬奥会的志愿者当中。虽然不是坐在观众席上，但却能以志愿者的身份参加到冬奥盛会当中，于我而言更难能可贵，也是人生中令人难以忘怀的一段经历。其实交通设施志愿者的工作大多都在室外进行的，虽然看起来有点辛苦，但比起那些在幕后支持着志愿者们日常生活、工作保障的所有人员——他们总在默默地付出、无私地奉献，我觉得哪怕即使要面临一些难题，自己也应该努力地去克服，恪守好自己的职责，才不辜负所有人对志愿者们的付出。大家的最终目的只有一个，只为保障北京冬奥会的顺利举办而行动。实际上，这次的岗位工作并不十分复杂，如果客人需要乘车约车，按照调度老师与场馆经理的指示，联系一下工作人员为客人安排车辆，然后为乘客确认他们所前往的目的地即可。我会珍惜当下这段美好的时光，并将它定格在我的脑海中，希望参加冬奥这段既特别又难忘的回忆能成为我日后的一个支柱与信念，为将来塑造出一个更好的自我。

Sovanvouchnea Ouk（王明月，柬埔寨，国家速滑馆交通设施志愿者）：作为一名柬埔寨留学生，在中国生活的三年里，我体会到了中国的安全和中国人的热情，因此在冬奥会志愿者招募开始的时候，我就积极报名，并且很荣幸成为2022年北京冬奥会的一名志愿者。在服务过程中，我结识了许多同龄人，体验了各种新鲜的事物，了解了志愿服务的内容与意义，这将成为我人生中一段特别的经历。我深知，当好一名冬奥志愿者不是一件容易的事情，会遇到各种各样的困难，但是我还是下定决心，挑战自我，为冬奥贡献自己的绵薄之力，同时丰富自己的阅历。我作为一名交通设施志愿者，主要是在交通场站帮助乘客与司机沟通，确认行程终点。在服务过程中，可能会出现乘客扫不上码的情况，我会提醒乘客查看网络状态是否正常或者系统是否为最新版本，有其他无法解决的问题，我也会及时联系场馆经理，帮助他们解决问题。在服务过程中，我也体会到了不少有趣和暖心的事情，比如认识了许多中国朋友，学习了一些中国方言；收到了学校为我们提供的暖心物资，深切感受到了首经贸师生对我的关爱。我目前上的是早班，早上4：50就需要起床准备上岗，虽然很早，但是我却活力满满，接下来需要挑战的是如何保证圆满完成工作任务。虽然有点辛苦，但还是挺幸福的，因为我不是一个人，是和其他小伙伴一起上岗，一起吃饭，大家互相鼓励、安慰，一起有说有笑，同甘共苦，那种感觉真的非常奇妙。另外，我能保持最好的状态也离不开学校的各种支持，为我们保驾护航，做我们坚强的后盾。我相信在大家的共同努力下，2022年北京冬奥会一定会取得圆满成功，我会和其他志愿者一起为这次志愿服务做出贡献，弘扬奉献、友爱、互助、进步的志愿精神，一同见证冬奥盛会的成功举办！

Lucy M.Wen Z.（温翠玲，巴拿马，首钢滑雪大跳台志愿者）：2019 年的某一天，我看到了 2022 年北京冬奥会和冬残奥会在招募赛会志愿者，当时看到这消息我有点小激动，因为我从小都没接触过跟雪或冬天有关的事。巴拿马是一个热带国家，没有冬天，以前我从未见过雪。记得小时候我看过一些花样滑冰的视频，当时就感觉这些运动员的动作很优美，看见他们能够在冰上跳舞表演传达故事，我就一直都想尝试滑冰，可惜没有机会。高中毕业来北京上大学的第一个冬天，我才有机会第一次去滑冰，滑雪也是来北京以后才第一次体验到的。后来，当收到通知去参加面试时，我很紧张。而在参加面试的一段时间后，我接到了电话通知——我被选中成为北京冬奥会的赛会志愿者，我感觉特别开心，我也特别希望自己能够去参与北京冬奥会的筹备工作。北京冬奥会刚好是在我毕业之前举办，我能够在毕业之前有这个机会去参与这一次国际盛会，能够近距离地看见运动员和更亲切地感受雪上项目的体育精神，这很美妙。

Tahomina Sultana（陶天，孟加拉国，首钢滑雪大跳台志愿者）：我是陶天，来自孟加拉国。2017年10月，我来到中国，先是在东北师范大学读预科，而后顺利考入北京理工大学计算机科学与技术专业本科，现在读大学四年级。我很幸运，在志愿者服务过程，对中国和中国冰雪运动的发展都有了新的认识。其实，在中国生活的这四年多时间里，我对中国新的认识几乎每天都在增加，用中国俗语概括就是"百闻不如一见"。和很多外国人对中国的初印象相似，来中国之前，我对中国的印象只有几位中国名人，如新中国的开国领袖毛泽东、中国的武打影星成龙，以及一些中国的著名跨国企业。来到中国之后，我才真正开始了解这个曾让我感到神秘的东方古国，我看到了这个国家让人惊叹的发展成就，也感受到很多中国人的热情。随着北京冬奥会开幕，我还有一项重要工作，那就是完成北京冬奥会的志愿服务。我将在首钢滑雪大跳台做场馆技术领域工作。我的岗位是有线电视助理。报名成为北京冬奥会志愿者的原因，除了因为自己喜欢冰雪运动，也因为我很想体验一下参与冬奥会这类大型活动组织工作的感受——从小只在电视里看到过这么大的活动，我很想参与一次。我们在场馆媒体中心为大家准备了无线的 iPad 和随身 Wi-Fi 来收看电视节目，这是个创新——在奥运史上第一次为大家提供这样的无线设备。这些无线设备可以免费借用给记者们，而我的工作内容就是管理好每一个设备。在这里的每一个设备一旦有问题，我要负责尽快修复好，保证记者们可以实时顺利看到每一场比赛。同时，我还承担"小翻译"的工作，因为来到这里的记者或者技术工作人员们都来自各个国家。我作为技术业务领域志愿者跟他们沟通迅速有效，而且还可以为双方搭起语言桥。

Areum Eom（严雅琳，韩国，延庆冬奥村健身中心志愿者）：我第一次参与志愿服务的年龄是15岁。在韩国，15岁是准备上高中的年龄。当时我想要入学的高中是专门教旅游学的学校。为了考入那个学校，需要外语能力和志愿分数，那时为了得到志愿分数而参加志愿服务是我的第一个经验。我在孤儿院、小学、残疾人中心、疗养院做过志愿服务，学到的是，无论是谁都可以参加志愿服务。因为我认为志愿服务不是帮助别人，而是我与对方合作一起解决问题的过程，所以我觉得志愿服务体现的是相互支持、相互融合、共建美好。这种观念一直影响着我的生活，因此，这次我作为志愿者参加了2022年北京冬季奥运会。通过志愿服务，我希望能够得到更多的技术和经验，为社会作贡献。

Ashyrov Agamammet（安国明，土库曼斯

坦，延庆冬奥村访客中心志愿者）：参加冬奥会，做一名志愿者，是我主动报名的。因为这是一次难得的机会。很早之前，我就听说过2008年的北京奥运会，很震撼！当我得知可以报名参加冬奥会志愿服务，我第一时间就报名了。我的家人也很支持我的决定，他们都为我感到骄傲。

Duncan Takudzwa Maluwa（路修远，津巴布韦，延庆冬奥村访客中心志愿者）：我想起来2008年在我老家跟家人一起看北京奥运会，那么精彩的表演，超级好看的设计，这让我更喜欢中国的独特文化。那时候，我就梦想来中国。在中国，我获得了很多难得的机会让我进步和发展自己的能力，所以为了感谢中国我积极报名当一名冬奥志愿者。我在学习国际关系专业，对国际关系专业的学生来说，冬奥会本来就是全球特别重要的活动，因为它强调世界和平与稳定，平等，合作，相互理解，交流文化。我作为一名北京冬奥志愿者，希望用自己的力量服务冬奥：我爱北京，我爱冬奥，我爱世界！我特别荣幸来中国学习，我在这里学了很多知识和更了解自己，而且通过参加学校活动发展了自己的能力。我永远感谢中国，我已经把它当作我的第二个家。关于冬奥和冬残奥志愿者服务，说实话我报名的时候没想到他们会选择我，幸运的是，他们给了我这个美好的机会，我将尽最大努力为2022年北京冬奥会的成功做出贡献。我在延庆冬奥村的访客中心服务，我特别喜欢我的团队，他们都很厉害、努力、团结，这让我们的工作轻松愉快。我特别感动，因为我们的业务经理都特别关心我们而且也很努力，好像我们的父母一样。参加冬奥志愿服务，让我更了解中国的文化和社会，中国人民特别爱自己的祖国而且还尊重其他国家的文化。最后，我想跟学校的老师、同学们，和咱们的家长说"你们放心"，虽然我们在这里的工作好像有点危险，但我们完全安全，因为我们正在采取一切预防措施来控制疫情。我对北京冬奥会和冬残奥会取得成功已经充满信心。大家"一起向未来"。

Kyae Sinn Linn Lett（林星，缅甸，延庆冬奥村访客中心志愿者）：当我听到2022年冬奥会将要在北京举办时，我非常开心激动，因为我刚好也在北京。我想观看冬季运动比赛，我来自热带国家，那里既没有雪，也没有冬季运动项目，所以我渴望能有机会去观看比赛，并做一些跟奥林匹克有关的事情。当我看新闻说外国留学生也可以申请参加2022年北京冬奥会的志愿服务时，我知道这就是一种缘分，我必须抓住这个机会，我毫不犹豫地提出了申请。冬奥会是一个全球盛事，只要给我机会，我愿意参与任何一个岗位的志愿服务，我经历了面试和严格的培训，终于如愿以偿成为一名延庆冬奥村接待中心的一名志愿者。来之前我很紧张，但领导和团队给了我很多帮助、很多温暖。我们现在亲密无间，就跟以前就是老朋友一样。因为他们，我每天都很开心。

Michelle Andrea（杨碧芳，印度尼西亚，延庆冬奥村住宿领域志愿者）：当你长大时，你会发现你有两只手，一只用来帮助自己，一只用来帮助别人。

Mitko Denys（吉尼斯，乌克兰，国家高山滑雪中心赛事服务助理）：很荣幸可以成为2022年北京冬奥会和冬残奥会志愿者，我对冬奥会充满了期待与激情。因为我终于有机会可以代表自己的国家、母校北航和我长大的城市北京来服务于冬奥，能身在其中无比荣幸与自豪！

Yifan Zhou（周益帆，意大利，北京奥林匹克公园公共区赛事服务志愿者）：我与奥运会的缘分始于2008年，那一年，我第一次来到北京，注定了我与这座"双奥之城"的不解之缘。在国外生活的时候，每到雪季，我和亲朋好友们都会迫不及待地上山滑雪，从我第一次开始滑雪至今已经过去将近十年了。很高兴也很荣幸可以代表意大利的华侨华人服务冬奥赛事。在北京读书的同时还能参与到冬奥会志愿服务中，对我来说是一次非常珍贵的经历。同时感谢大家对我们华侨华人的关注和照顾，希望我能在冬奥会志愿服务中奉献自己的微薄之力，也预祝此次冬奥盛会圆满成功。

Yiting Su（苏绮婷，巴西，北京奥林匹克公园公共区赛事服务志愿者）：很荣幸能以志愿者的身份代表对外经济贸易大学和巴西华人华侨参与冬奥志愿服务。我认为，成为一名志愿者为冬奥会服务是非常有意义的事，它可以提升我的人生阅历，锻炼解决问题的能力，同时也让我感受到大家的热情与活力。在冬奥志愿服务的过程中，我认识了来自五湖四海的志愿者伙伴们，从他们的身上我感受到了奉献、友爱、互助、进步的志愿服务精神。最后，希望能与大家团结互助，一起携手度过这次难忘的冬奥志愿服务之行。2022年，让我们与冬奥"一起向未来"！

Ana Campanini Bonomisentmenat（安娜，西班牙，奥林匹克大家庭志愿者）：奥林匹克运

动会是世界上独一无二的美丽运动盛会。我来
自西班牙的巴塞罗那，1992年在我居住的城市
举办的奥运会对这个城市来说是一个转折点。
如今我生活在中国，每当我说我来自西班牙的
巴塞罗那，大多数人知道这个美丽的地中海城
市也是因为1992年的那届奥运会。每当人们谈
起巴塞罗那奥运会那些标志性的图片和时刻时，
都让在北京的我感到一种温暖。能成为本届冬
奥会志愿者的一员，能够为这个让我家乡声名
远播的盛会做出自己的努力，我感到非常荣幸。
在北京做冬奥会志愿者可以让你感受到美好的
能量，感受到运动会所传递的团结一致的精神。
在做冬奥志愿者期间，拥有认识来自世界各地
新朋友的机会，这一切对我来说都太棒了。

后　记

勇敢出发

"勤勉持重、爱国忧民"是中国文化的重要基因，也是生活在这片土地上一代又一代中国人素有的精神传统。越是在最艰苦的条件下，中国人越能彰显艰苦奋斗、百折不挠、奋发昂扬的精神和志存高远、赤心报国的情怀。经历了两年的艰苦战"疫"，面对新冠肺炎疫情引发世界百年未有之大变局加速演变，世界的目光不约而同地投向中国。

中国值得这份信任。

从筹办北京 2022 年冬奥会和冬残奥会开始，中国就向全世界作出庄严承诺：坚持绿色办奥、共享办奥、开放办奥、廉洁办奥，努力为世界奉献一届精彩、非凡、卓越的奥运盛会。

我想起王平久和常石磊两位先生专门为北京冬奥会写的志愿者之歌——《燃烧的雪花》：

微笑的雪　为大地开花

爱洒向手心　纯洁无瑕

那一瞬间　你望着我

咫尺间　天涯

热情的雪　为大地融化

簇拥着冬梦　暖了春芽

那一瞬间　雪映星空

漫天竞芳华

……

燃烧的雪花

梦想照亮天与地

勇敢的出发

各个场馆的志愿者们，以相同的激情唱着这首《燃烧的雪花》，勇敢出发，迎接冬奥的到来。

又想起那位志愿者的话："不参加一次奥运会，你就不知道自己有多么爱国！"

同样的思维模式：不奉献一次，你就不知道自己的人生该如何回忆。

未来，当被人问起："你这一生奉献过吗？"志愿者们会自豪而坦然地应答："是的，我们奉献过。"是的，他们奉献过，有这一段北京冬奥岁月作证。

有些人群，默默无闻，却化身亮丽名片。

有种颜色，朴实无华，却构成灿烂风景。

有个冬季，冰天雪地，却看见冰雪燃烧的火焰。

新冠肺炎疫情依然在世界各地肆虐，再加上个别西方国家公然违背科学精神，将病毒溯源政治化，企图污名中国，栽赃中国，形成"双重病毒"，它像是一块巨大的乌云笼罩在人类的头顶，又像是一堵围墙，企图把人类围封起来。

人类，该如何突围？

这个问题的浮现，让我大脑里突然跳出多年前读过的一本书：《西行漫记》，又译名《红星照耀中国》。

20世纪30年代，美国记者埃德加·斯诺在他进入中国苏区延安之前，他对那个被中国国民党围封得水泄不通的中国共产党提出了一连串惊世骇俗的问题：中国共产党人究竟是什么样的人？……他们战斗得那么长久，那么顽强，那么勇敢，从整体来说是那么无敌，他们到底是什么样的人？是什么使他们那样战斗？

埃德加·斯诺带着这些问题进入延安，他看到了别人看不见的东西，他体会到了别人体会不到的精神信仰和目标追求。最后，他得出结论：在中国，只有同共产党合作才是走向未来的关键所在。

百年前的美国人尚且能如此高瞻远瞩，如此有远见卓识，今天的美国人呢？他们对中国了解多少？对中国精神了解多少？对中国共产党了解多少？

如果不了解，那么他们应该先从《西行漫记》读起。

按照出版社约定的字数，我应该到此收笔，写下最后一个句号时，我心潮澎湃，我那些兄弟姐妹们，我那些战友同事们，已经完全把自己交给北京冬奥，交给这个国家，他们上下齐心，荣辱与共，只为让世人看见，在困难面前，中国人的精神面貌，中国人的品质风格。

此刻，离北京冬奥会开幕式只有一百天了，古人说"道阻且长"，先人屈原说"路漫漫其修远兮，吾将上下而求索"，但是对于北京冬奥组委的工作人员和志愿者来说，"路不再漫远"，通往北京冬奥会开赛的道路"又短又急"，新冠肺炎疫情的不确定性，需要我们加倍付出，需要我们做出更多的应急预案。

在无昼无夜的忙碌中，我和我们，似乎不是在准备一场体育赛事，而是在代表人类进行一场战争，一场人类以体育的名义在北京集合，联成一体，相扶相携，抗击那看不见摸不着的病毒，为人类抗击灾难寻求经验，探索方向，提供力量，增强信心。

这，直抵人类体育的核心。

经过严格的面试录取和岗前培训，近两万名年轻人成为北京冬奥会服务的正式志愿者，他们信心满满，整装待发。

他们放声高唱：

……

燃烧的雪花

温暖凝聚我和你

回眸的树挂

Love Is Here! Love Is Here!

燃烧的雪花

梦想照亮天与地

勇敢的出发

……

图书在版编目（CIP）数据

燃烧的雪花 / 赵伟著. -- 北京：作家出版社，2022.3
ISBN 978-7-5212-1632-5

Ⅰ.①燃… Ⅱ.①赵… Ⅲ.①纪实文学 - 中国 -当代
Ⅳ.①I25

中国版本图书馆CIP数据核字（2021）第243140号

燃烧的雪花

作　　者：赵　伟
责任编辑：桑良勇
装帧设计：孙惟静
出版发行：作家出版社有限公司
社　　址：北京农展馆南里10号　　邮　　编：100125
电话传真：86-10-65067186（发行中心及邮购部）
　　　　　86-10-65004079（总编室）
E-mail:zuojia@zuojia.net.cn
http://www.zuojiachubanshe.com
印　　刷：北京盛通印刷股份有限公司
成品尺寸：142×210
字　　数：181千
印　　张：10.125
版　　次：2022年3月第1版
印　　次：2022年3月第1次印刷
ISBN　978-7-5212-1632-5
定　　价：60.00元